# Die Quote

Martina Grünebaum

# Die Quote

**Roman**

3. überarbeitete Auflage

ISBN 978-3749-481-743

Alle Rechte beim Herausgeber
© 2020 Grünebaum, Martina
Herstellung und Verlag:
BoD – Books on Demand, Norderstedt
Umschlagsgestaltung: Uta Baumeister
Foto Cover: Thaut Images - Fotolia

Gedruckt in Deutschland

# PROLOG

Alles ging so schnell, dass die Dunkelheit bereits über ihn hereinbrach, bevor er begriff, dass er die Kontrolle über seinen Wagen verloren hatte. Kein Schrei entrann seiner Kehle. Seine Reflexe liefen auf Sparflamme, verlangsamt durch den Alkohol, der durch seine Adern floss. Der Kleinwagen raste durch die Straßen, gewann immer mehr an Geschwindigkeit, bis eine Kurve seine Achterbahnfahrt bremste.

## Küntrop, Deutschland

„Du solltest nicht so viel trinken."

„Bist du ein Moralapostel?", lallte Mathis und öffnete ungeschickt die Flasche Bier mit seinem Feuerzeug.

„Das mit dem Auto fahren kannst du vergessen."

„Quatsch, bin noch vollkommen klar in der Birne", stammelte Mathis und genehmigte sich einen Schluck aus der Pulle.

„BIST DU NICHT!"

„Willst du Streit?", fuhr Mathis seinen Kumpel an, der ein paar Schritte von ihm entfernt an der Scheunenwand lehnte. So weit er dies in seinem Zustand erkennen konnte, schaute ihn dieser fragend an. Aber das konnte auch eine Täuschung sein. Obwohl, warum sollte er sich diesbezüglich irren? Nach zwei Getränken, oder waren es mehr? Fuck, was spielte das für eine Rolle?

„Ey Mann!", nörgelte Mathis und kniff die Augen zusammen, da er kurz von einem hellen Lichtstrahl geblendet wurde.

„Verdammt noch mal! Mach die Lampe aus!", forderte er seinen Kumpel Lukas auf und fixierte dessen Silhouette, die hin- und herschwankte. Mathis schüttelte seinen Kopf und rieb sich mit der linken Hand durch die Augen. Was war nur mit ihm los? Ein Mathis Kissler ist doch nicht betrunken, nach zwei Flaschen, oder drei, oder vier... Niemals!

„Welche Lampe? Sag mal, fängst du an zu spinnen? Komm gib mir dein Bier! Ich glaube es reicht."

„Hol dir selber eins", antwortete Mathis und umklammerte die braune Flasche mit beiden Händen.

„DANN GIB IHM WENIGSTENS DIE AUTO-SCHLÜSSEL!", forderte eine ihm unbekannte Stimme.

„Wer hat das gesagt?", fragte Mathis und stierte in Richtung Bretterwand, während sein Freund sich auf ihn zubewegte.

„Was gesagt? Mensch Mathis, wir sollten uns auf den Heimweg machen. Ich glaube, du hast genug getankt." Mathis entschied seinem Freund entgegenzugehen, doch bereits nach dem ersten Schritt bereute er diesen Entschluss. Der Boden wankte. Es konnte nicht an ihm liegen. Oder? Vielleicht hätte er dieses Wodkagesöff, welches er vor dem Bier getrunken hatte, nicht in sich hineinschütten sollen? Quatsch, war doch alles egal. Er öffnete seinen Mund, um seinem Kumpel zu erklären, dass er noch keine Lust verspürte, die Party zu verlassen, als etwas seine Sinne verwirrte.

„Rosen und Lavendel", murmelte Mathis und inhalierte den Duft wie ein paarungsbereiter Kater, der ein liebeswilliges Weibchen wittert.

„Rosen und Lavendel", wiederholte er versonnen, als rezitiere er eine Strophe aus einem Gedicht. Rosen und Lavendel, dieser Geruch zog ihn an wie eine Lichtquelle die Insektenscharen.

„Du hier?" Der scharfe Klang ihrer Stimme stand im Kontrast zu ihrer engelsgleichen Erscheinung. Er starrte sie an, unfähig ein Wort zu sagen. „Na dann, amüsiere dich gut. Damit hast du ja noch nie Probleme gehabt!" Mit diesen Worten drängte sie an ihm vorbei und war bereits nach kurzer Zeit im Getümmel der Leute untergetaucht. Sie schien unerreichbar wie eine Hollywooddiva und doch so nah wie die Getränkeflasche, die er in seinen Händen festhielt, dass das Weiß seiner Knöchel sichtbar wurde.

„Komm Mann! Vergiss sie!"

Der wohlgemeinte Ratschlag seines Freundes erreichte Mathis Ohren, aber nicht seinen Verstand. Er nahm einen weiteren Schluck aus der Flasche, noch einen und noch einen, bis er den vermeintlich letzten Tropfen vernichtet hatte. Mathis starrte in die Menge, stierte in die Richtung, in der sie verschwunden war. Von der Menschenmasse verschluckt. Ein Jahr, dreiundzwanzig Tage und zwei Stunden lang waren sie ein Paar gewesen. Es kam ihm vor, als wäre es gestern gewesen, dass sie im vorigen Jahr die Party zusammen besucht hatten. Das jährliche Musikfestival auf dem einige Bands ihr Können präsentierten, war ein beliebter Treff für Jung und Alt. Hätte ihm damals jemand prophezeit, dass er bald wieder Single sein würde, er hätte demjenigen keinen Glauben geschenkt. Er hatte gedacht, sie sei die Frau fürs Leben. Mathis seufzte. Zwei Wochen waren seit ihrer Trennung vergangen. Es kam ihm vor wie eine Ewigkeit. Eigentlich war es überhaupt nicht seine Art zu saufen. Aber heute war alles anders. Zu viel hatte sich angestaut. Das Ende seiner Beziehung, der Druck die Abiturklausuren mit einem guten Ergebnis abzuschließen, diese Ungewissheit, was ihn nach seiner Schullaufbahn erwarten würde. Das Herumtelefonieren, um eine Bleibe im Studentenwohnheim in Aachen zu ergattern und das Erledigen von unzähligen Formalitäten, die kein Ende nehmen wollten. Alles in allem war sein zukünftiges Leben eine Variable mit viel zu vielen Unbekannten.

„Ein Fläschchen noch. Dann haue ich ab", murmelte er, bevor er sich schwankend einen Weg durch das Gewühle bahnte, ohne auf die Rufe seines Freundes Lukas zu reagieren. Mathis hatte keine Lust zu diskutieren, oder sich von seinem Vorhaben abbringen zu lassen. Er wollte feiern! Ihm stand der Sinn danach, über die Stränge zu schlagen und die Nacht zum Tag zu machen.

„Ey Mann, auch hier", lallte er und klopfte dem einen oder anderen auf die Schulter. Schon nach kurzer Zeit hatte er den Überblick verloren. Es war ihm unmöglich zu sagen, mit wie vielen Leuten er angestoßen hatte. Schon gar nicht mit wem.

Scheiß egal!

„Trinken wir noch einen, Paul?"

„Ich heiße Daniel."

„Jau", erwiderte Mathis und hatte den Namen bereits wieder vergessen.

Irgendwann hatte er dann doch genug. Der Wunsch nach Hause zu fahren hatte von ihm Besitz ergriffen und gewann die Oberhand. Mathis wankte zu seinem Fahrzeug. Er war sich der gigantischen Entfernung zum Parkplatz überhaupt nicht bewusst gewesen. Ein Marathon war nichts dagegen. Als er endlich den Wagen erreichte, bot sich ihm ein weiteres Problem. Der blöde Schlüssel wollte nicht in das Loch.

„Scheiße!", lallte Mathis und startete Versuch zwei.

„Geh schon rein!" Doch auch dieser Versuch scheiterte.

„Verflixtes Ding!", grölte Mathis und hielt den Schlüssel dicht vor seine Augen.

„Siehst doch gut aus!", stellte er fest, „ab ins Loch!"

„Warum will dieses Mistding nicht da rein? Na endlich!"

Eigenartigerweise wollte sich die Tür trotzdem nicht aufsperren lassen. Wütend riss Mathis am Türgriff.

Es war genau in diesem Augenblick als sein Verstand ihm signalisierte, dass es vielleicht besser wäre, den Wagen stehen zu lassen. Doch dann hörte er sie. Dieses unverkennbare Lachen und da war ihr Parfüm, das er trotz der Entfernung wahrzunehmen glaubte. Rosen und Lavendel. Er blickte in ihre Richtung. Verschwommen erkannte er zwei Schatten, die sich sehr nahe waren. Ihre Körper schienen miteinander zu verschmelzen.

„Bescheuerte Kuh", lallte Mathis und ruckelte an der Autotür, die sich endlich öffnete. Unbeholfen stieg er ein und startete den Motor.

Er kicherte ohne Grund.

„**W**ollte Mathis nicht schon seit einer Stunde zu Hause sein?", murrte Julia Kissler und schaute vom Fernsehbildschirm auf. Sie würde sich nie daran gewöhnen, dass ihr Sohn Mathis jedes Wochenende mit dem Auto unterwegs war. Seit über einem Jahr durfte er bereits ohne Begleitung die Straßen der kleinen Ortschaft Küntrop und Umgebung unsicher machen. Keine Frage, er lenkte den Wagen stets mit Umsicht, fuhr verantwortungsbewusst und kam eigentlich auch immer pünktlich nach Hause.

Eigentlich.

„Vielleicht dauert die Party länger. Oder sie ist gerade

so richtig in Schwung. Lass dem Jungen doch seinen Spaß. Was willst du denn erst machen, wenn er in ein paar Wochen sein Studium beginnt und nicht mehr zu Hause wohnt?", warf Alexander Kissler ein und stierte weiterhin wie gefesselt auf den Fernseher. Auf dem überdimensionalen Flachbildschirm bahnte sich ein verdreckt aussehender Actionheld, das Gesicht mit Blut besprenkelt, einen Weg durch die feindliche Menge.

„Aber er hätte doch zumindest anrufen können!", warf Julia ein, die allein der Gedanke, dass ihr einziger Sohn bald dreihundert Kilometer von zu Hause entfernt weilen würde, mit Unbehagen erfüllte.

„Wer?", fragte Alexander, der gebannt das Geschehen des Filmes verfolgte, in dem ein Helikopter, vom Actionheld getroffen, in den eisigen Fluten des Meeres versank.

„Na, unser Sohn."

„Ach so", antwortete Alexander und schrie im gleichen Moment entsetzt auf: „Mensch, hinter dir! Pass doch auf!"

„Hörst du mir überhaupt zu?"

„Das war knapp."

Diese Äußerung reichte Julia aus, um ihren Verdacht zu bestätigen. Es war immer dasselbe. Wenn ihr Ehegatte Actionfilme sah, weilte er mittendrin im Geschehen und nichts und niemand konnte ihn davon ablenken. Für einen Augenblick liebäugelte sie mit dem Gedanken, den roten Knopf der Fernbedienung zu drücken. Doch sie widerstand der Versuchung, zum einen um keinen Streit heraufzubeschwören und zum anderen, weil sie unsicher war, welche der zahlreichen Fernbedienungen die richtige war. Unruhig rutschte Julia auf dem Sofa hin- und her, dabei fiel ihr Blick immer wieder auf die kaum zu übersehende Uhr, die einen großen Teil der Wohnzimmerwand für sich beanspruchte. Ihr Sohn wollte um 0.30 Uhr zu Hause sein. Mittlerweile war es 1.30 Uhr. Unbarmherzig verstrichen die Minuten. Gleich höre ich, wie er den Schlüssel in die Haustür steckt, dachte Julia, doch nichts geschah. 1.47 Uhr, 1.50 Uhr, 1.56 Uhr. Julia seufzte. Es war allerhöchste Zeit ins Bett zu gehen. Aber da war dieses Gefühl, diese unerklärliche Vorahnung, die sie nicht zur Ruhe kommen ließ. Sie fixierte ihr Mobiltelefon, als wäre sie in der Lage einen Anruf heraufzubeschwören. Schon mehrmals hatte sie versucht, Mathis zu erreichen - ohne Erfolg. Auch sein Freund Lukas, auf dessen Mobilbox sie eine Nachricht hinterlassen hatte, mit der Bitte um Rückruf, hatte sich bisher noch nicht gemeldet. Julia blickte zum Fernseher, ohne das Geschehen wahrzunehmen.

Plötzlich klingelte das Telefon.

## Port Isaac, England

Das Meer war eine einzige schwarze Fläche. Man konnte dessen Weite nur erahnen. Es erschien wie ein gigantisches Moor. Schemenhaft erkannte er die Klippen, dunkle Schatten vor einem noch dunkleren Hintergrund, nur unterbrochen von einzelnen Lichtpunkten am Horizont. Riley seufzte. Ein kühler Windzug ließ ihn frösteln. Eigentlich hatte er allen Grund fröhlich zu sein. Die Abschlussprüfungen hatte er mit Auszeichnung bestanden, seinen Wünschen stand nichts mehr im Wege. Und doch...

„Riley Carter, was ist mit dir los?", murmelte er vor sich hin und blickte in die Richtung, aus der laute Stimmen drangen. Es handelte sich um seine Freunde, die den Inhalt unzähliger Flaschen vernichteten, und deren Gegröle an Lautstärke gewann. Von Zeit zu Zeit übertönten sie sogar das Donnern der Wellen, die an die Steilküste schlugen. Wann sie wohl bemerken würden, dass er sich davongeschlichen hatte? Er drehte sich um die eigene Achse, um jedes Detail der Umgebung in sich aufzunehmen. Bald würde er diesen Ort verlassen. In einem Gebiet zu wohnen, in das alljährlich Scharen von Touristen strömten, hatte Riley niemals als etwas Positives betrachtet. Viele Gäste, die seine Eltern in ihrem Bed & Breakfast bewirteten, verabschiedeten sich meistens mit den Worten: „Mein Junge, was hast du für ein Glück, hier leben zu dürfen."

Er teilte ihre Auffassung nicht, ließ sie aber stets in ihrem Glauben und gab ihnen die Antwort, die sie erwarteten.

Die kleine Ortschaft lag direkt am Meer. Die Fischer des Ortes verwöhnten die Gäste mit frischen Meeresfrüchten. Etliche Filmgesellschaften nutzten dieses idyllische Fleckchen Erde, um ihre Geschichten in den engen Gassen, kleinen Cottages und den mit Grün überwucherten Klippen anzusiedeln. Diesem Umstand verdankte es Riley, dass er sich das ein oder andere Pfund dazuverdienen hatte können, indem er ab und zu Statistenrollen angenommen hatte. Er hatte jeden Penny gespart, beseelt von dem Gedanken eines Tages der Enge dieses Ortes entkommen zu können. Auch seine Eltern hatten ihn in seinem Bestreben bestärkt, obwohl er wusste, dass sie ihren einzigen Sohn nicht gern ziehen lassen würden. Der Abschied war zum Greifen nah. Doch je näher der Tag X rückte, desto stärker waren die Zweifel, die an Riley nagten.

„Mensch Riley, was machst du denn dort oben allein?", lallte einer seiner Kumpel, dessen Sprachzentrum bereits durch die Einnahme etlicher Spirituosen ein wenig in Mitleidenschaft geraten war. Riley bevorzugte alkoholfreie Getränke. Der Tod eines nahestehenden Onkels, der aufgrund seines hohen Alkoholkonsums ein frühzeitiges Ende gefunden hatte, hatte Riley gelehrt, es niemals mit dem Trinken zu übertreiben.

„Kommst du?"

„Bin unterwegs!", antwortete Riley und atmete tief ein und aus, bevor er sich auf den Weg machte, um sich zu seinen Klassenkameraden zu gesellen.

„BLEIB LIEBER HIER!"

„Wie bitte?" fragte Riley und stoppte abrupt, "wer ist da?"

Er blickte nach links und rechts, doch er konnte niemanden entdecken. Einbildung, dachte Riley. Diese Einöde verwirrt die Nerven. Kopfschüttelnd machte er sich an den kurzen Abstieg.

„Da bist du ja endlich", bemerkte sein bester Freund Charlie und streckte ihm eine Flasche entgegen.

„Nein, danke. Ich nehme eine Coke."

„Habt ihr das gehört?", lallte Ethan, „eine Coke, das ist ein schlechter Scherz."

Vier Jugendliche hockten auf dem Boden, neben sich Rucksäcke mit flüssigem Proviant und lachten als hätten sie gerade den besten Witz des Jahrhunderts gehört.

„Eine Coke", wiederholte einer von ihnen und entfachte das Gelächter erneut.

„Komm schon! Wirst wohl heute mal eine Ausnahme machen. Abgesehen davon, dass wir nicht saufen, sondern die ehrenvolle Aufgabe haben, dieses Teufelswasser zu vernichten, damit es nicht in die Hände von Jüngeren fällt. Du willst dich doch nicht davor drücken, oder?"

Riley musste schmunzeln. Charlie war ein Rhetoriker der seinesgleichen suchte. Einer, der ohne Schwierigkeiten jeden von einer Sache überzeugen konnte.

„Nun nimm schon einen, oder soll ich noch ein paar Worte sagen?", fragte Charlie und stand auf. Nach einem kurzen Räuspern und ein paar Sekunden, um seine Balance zu finden, erhob er feierlich die Flasche: „Meine Freunde, wir sind heute hier zusammengekommen, um..."

„Stopp! Hör schon auf! Du hast gewonnen. Einer kann ja nicht schaden. Aber nur einen. Ich muss nämlich noch fahren."

„Jawoll Sir", erwiderte Charlie und nahm wieder Platz.

„Hier!"

Riley nahm die Flasche entgegen und genehmigte sich einen kleinen Schluck. Nicht schlecht, dachte er und probierte auch den nächsten Schnaps, der die Runde machte. Flasche um Flasche kreiste herum, der Proviant aus den Rucksäcken schien unerschöpflich. Die fünf lallten und grölten und debattierten über Gott und die Welt in einer Sprache, die nur derjenige beherrscht, der selber eine Menge Alkohol konsumiert hat. Die Zeit verflog. Riley fühlte sich gut. Probleme und Sorgen lösten sich auf, waren schon längst nicht mehr Teil seines Lebens. So vergingen die Stunden, bis Riley sich schwankend erhob und den anderen verkündete, dass er nun aufbrechen müsse. Ohne eine Reaktion abzuwarten, machte er sich auf den Weg zu seinem Kleinwagen. Der Alkohol in seinem Blut machte ihn stark und vermittelte ihm das Gefühl, alles erreichen zu können. Er zögerte nur einen Augenblick, es schien ein Aufbegehren der Vernunft, die ihm signalisierte, das Auto stehen zu lassen.

„Quatsch", murmelte Riley vor sich hin, „das kurze Stück ist doch kein Problem."

„LAUFEN IST BESSER!"

Riley verharrte. Da war wieder diese Stimme, die er eben schon einmal gehört hatte.

„Wer bist du?", verlangte Riley zu wissen, „zeig dich!" Doch da war nur die Schwärze der Nacht, das weit entfernte Plätschern des Meeres und das Gelächter seiner Saufkumpanen, die immer noch an Ort und

16

Stelle weilten.

„Wieder so eine Einbildung", stellte er sachlich fest und versuchte den Autoschlüssel in die Tür des Wagens zu stecken.

„Mist! Bescheuertes Ding!"

Er konnte unmöglich das Auto zurücklassen. Er hatte seinen Eltern versprochen, mit ein paar Gästen das Landesinnere zu erkunden. Wäre blöd, die Karre hierzulassen. Warum auch? Nein, er hatte keine Lust, das Auto in aller Herrgottsfrühe holen zu müssen und seine Eltern und die Übernachtungsgäste zu vertrösten. Gab auch keinen Grund dazu. Es war nur dieser dumme Schlüssel, der sich quer stellte. Er selbst war fit und nüchtern genug, um zu fahren. Na, endlich. Riley öffnete die Wagentür und ließ sich auf den Sitz plumpsen. Nach ein paar Minuten hatte er die zweite knifflige Aufgabe gelöst und den Schlüssel ins Zündschloss bugsiert. Riley startete den Motor und kicherte ohne Grund.

„**W**o ist denn Riley?", fragte Herr Schultheiß und klapperte mit dem Zimmerschlüssel. Es war ein lieb gewonnenes Ritual, dass Harry und Olivia Carter sich am Abend vor der Abreise ihrer Stammgäste auf eine Tasse Tee zusammensetzten. Herr und Frau Schultheiß kamen bereits seit vielen Jahren nach Port Isaac.

„Noch feiern", antwortete Harry Carter.

„Das sei ihm vergönnt. Richte ihm einen schönen Gruß aus. Wir werden morgen bereits in aller Frühe aufbrechen müssen."

Harry nickte nur, wünschte eine angenehme Nacht und kehrte zurück in das Wohnzimmer, in dem seine Frau Olivia damit beschäftigt war, den Tisch abzuräumen.

„Lass doch stehen, meine Liebe."

Als seine Frau aufblickte, erkannte er sofort den sorgenvollen Ausdruck in ihren grünen Augen.

„Noch eine Tasse Tee?", fragte er und wandte sich Richtung Küche, ohne ihre Antwort abzuwarten.

Wenig später saßen sie zusammen auf dem beigen Sofa. In ihren Händen jeweils eine Porzellantasse mit Blumenmuster, aus denen der Tee dampfte.

„Wo bleibt er nur?", fragte Olivia und stierte den Teeschwaden hinterher.

„Er kommt bald. Lass ihn ein wenig feiern."

„Aber er könnte doch wenigstens anrufen, um uns mitzuteilen, dass es später wird."

Harry stellte seine Tasse auf den Couchtisch, bevor er sich in dem weichen Sofa zurücklehnte.

„Hast du immer daran gedacht, deine Eltern zu informieren? Lass ihm seinen Spaß. Er wird schon kommen. Abgesehen davon müssen wir uns sowieso an die Situation gewöhnen. Wenn er erst einmal in London studiert, wird er uns auch nicht in jeden seiner Schritte einweihen."

Olivia seufzte und nahm einen weiteren Schluck Tee zu sich. Es verstrichen einige Minuten in denen keiner der beiden ein Wort wechselte. Harry starrte Richtung Kaminsims und betrachtete die eingerahmten Fotos. In der Mitte thronte das Hochzeitsfoto, auf beiden Seiten gesäumt von Fotografien von Riley. Riley als Baby, Schulkind, sowie als Teenager mit seinem

Hund Crush, der letztes Jahr verstorben war. Der Rahmen für die nächste Erinnerung stand schon parat. Die aktuelle Aufnahme von seinem Sohn bei der Schulabschlussveranstaltung. Riley hatte mit Auszeichnung bestanden. Harry Carter hatte allen Grund, sehr stolz auf seinen Sohn zu sein.

„Harry?"

Harry, vollkommen versunken in seine Gedanken, benötigte einen Moment, um in die Wirklichkeit zurückzukehren.

„Harry, ich mache mir Sorgen. Ich habe ein ungutes Gefühl."

Harry blickte seine Frau an und antwortete: „Das brauchst du nicht, meine Teuerste. Dazu besteht kein Grund."

Plötzlich klingelte das Telefon.

# Lüdenscheid, Deutschland

„Tut mir sehr leid. Ich kann Ihnen keine Hoffnungen machen. Wir haben alles getan, was in unserer Macht stand. Es liegt nicht mehr in unserer Hand."
Mit diesen Worten verließ der Arzt das Zimmer. Julia blickte sich nicht um, als sie die Tür ins Schloss fallen hörte. Sie hatte nur Augen für ihren Sohn Mathis.
„Lass dich nicht stören. Schlaf weiter bis du gesund bist", flüsterte sie.
„Ich hole uns einen Kaffee", sagte ihr Mann. Sie nickte stumm. Nach einigen Sekunden hörte sie es wieder, dieses Knacken wenn die Türe sich schloss. Julia betrachtete ihren Sohn. Das Bedürfnis ihn zu schütteln, gewann an Stärke. Konnte sie ihn nicht einfach in die Arme schließen und wachrütteln? Warum lag er einfach so da? Was sollte das überhaupt bedeuten: `Koma´? Julia schluchzte und verbarg ihr Gesicht in den Handflächen. Ihr linker Arm schmerzte vom vielen Kneifen. Immer und immer wieder hatte sie versucht, aus diesem Albtraum zu erwachen - ohne Erfolg.
„Hier ist dein Kaffee mit Zucker und viel Milch."
Julia zuckte zusammen. Sie war so versunken in ihren Gedanken, dass sie ihren Ehemann nicht kommen gehört hatte. Mit beiden Händen umfasste sie den Becher. Sie spürte nicht die Wärme, roch nicht den Duft, den die heiße Flüssigkeit verströmte.
„Man muss doch etwas machen können?" presste sie mühsam heraus.
„Hm", antwortete ihr Mann. Hilflosigkeit und Wut ergriffen von Julia Besitz. Sie benötigte einen Schuldigen, jemanden den sie zur Rechenschaft ziehen

konnte. Einen Sündenbock, auf den sie alle Sorgen und Probleme abwälzen konnte.

„Wenn du nicht diesen dämlichen Film geguckt hättest, dann...“

„Was dann?“, fragte ihr Mann und schlürfte seinen Kaffee.

„Dann...“ Julia stockte. Dann, ja was dann? Sie wusste keine Antwort auf diese Frage.

## Bodmin, England

„Tut mir leid. Ich kann Ihnen keine Hoffnungen mehr machen. Jetzt heißt es abwarten."

Olivia vergrub das Gesicht in ihren Händen.

„Ich habe es gespürt. Ich habe es gespürt", murmelte sie. Harry legte den Arm um die Schulter seiner Frau, während er Riley anstarrte. Rein äußerlich war nichts zu erkennen, das auf einen bedrohlichen Zustand hindeutete. Ein paar Schrammen im Gesicht, aber ansonsten wirkte er unverletzt.

„Er wacht wieder auf. Er wacht wieder auf", stammelte seine Frau. Harry verstärkte den Druck seiner Umarmung, bis seine Ehefrau aufschrie: „Aua, du tust mir weh!"

„Oh, entschuldige", stotterte er und gab sie frei, unschlüssig was er nun mit seinen Armen anfangen sollte. Sie wirkten so fremd, unnütze Anhängsel an seinem Körper. Alles schien sinnlos und verschwendet. Jahrelang hatte er gearbeitet, regelrecht geschuftet, um seinem Sohn Riley eine bessere Zukunft zu ermöglichen, und nun lag dieser in einem Bett - wie aufgebahrt. Das war nicht fair!

„Er wacht wieder auf."

„Ich hoffe, du hast Recht Olivia", sagte Harry, sichtlich bemüht seiner Stimme einen festen Klang zu verleihen.

## WEDER dort noch hier

„Herzlich willkommen. Bitte einmal dieses Formular ausfüllen."

Mathis nahm die Unterlagen entgegen, unfähig etwas zu sagen. Stattdessen starrte er die Dame an, die ihm vorkam wie eine Erscheinung aus einer anderen Welt. Nicht, dass er schon mal eine derartige Begegnung gehabt hätte, aber so oder so ähnlich würde sie wahrscheinlich aussehen. Er blickte ihr nach, als sie sich entfernte. Trotz ihres fortgeschrittenen Alters ging sie mühelos. Sie benötigte keinerlei Hilfsmittel. Ihre grauen Haare waren zu einem Knoten zusammengebunden. Die Kleidung war etwas eigenartig und wirkte wie einer dieser Operationskittel, die man im Krankenhaus trug. War alles schon ein wenig krass. Wo um Gottes willen war er? Die Kladde mit dem Zettel in den Händen, ließ er seinen Blick durch die nähere Umgebung schweifen. Er befand sich in einem sehr langen fensterlosen Korridor, der erstaunlicherweise von Licht durchflutet wurde. Die Stühle, die an beiden Seiten standen, schillerten in bunten Farben und verliehen dem ansonsten spärlich eingerichteten Flur einen Hauch von Behaglichkeit, ebenso wie die eingerahmten Bilder, die an den weißen Wänden hingen. Die Motive wirkten etwas verschwommen und waren aus der Ferne nicht zu erkennen. Vielleicht eine besondere Kunstrichtung? dachte Mathis und zuckte mit den Schultern. Viel interessanter als die Aufnahmen erschienen ihm die Menschen, die auf einigen Stühlen saßen und in die Ferne starrten. Die Erleichterung menschliche Wesen anzutreffen, die offensichtlich, was Alter und Herkunft anbelangte, unterschiedlich waren, war nur von kurzer Dauer. In Mathis breitete sich ein ungutes Gefühl aus. Verflixt noch mal! In welchen Mist war er hineingeraten? Alles hier war so seltsam und bizarr, dass ihm ein Schauer über den Rücken lief. Sein Herz begann zu rasen, doch trotz der aufkommenden Angst zwang er sich, genauer hinzusehen. Die Kleidung der Leute nahm seine komplette Aufmerksamkeit in Beschlag. Es schien ihm unmöglich, seinen Blick abzuwenden.

„Nachthemden", murmelte er und atmete tief ein. Die Kleidung variierte in Länge und Farbe, erinnerte aber in den meisten Fällen an Schlafanzüge, soweit er dies aus der Entfernung beurteilen konnte. Erst jetzt wurde im schlagartig bewusst, dass er sein Outfit noch nicht überprüft hatte. Er zögerte, bevor er an sich hinunterblickte. Im tiefsten Innern ahnend, dass ihm das Resultat nicht gefallen würde, wandte er seinen Kopf in Zeitlupentempo. Mathis unterdrückte einen Schrei. Er stand wie versteinert und stierte auf den Kittel, nicht in der Lage einen klaren Gedanken zu fassen. Die Kladde entglitt seinen Händen und polterte zu Boden. Als habe dieses Geräusch seine Lebensgeister erneut entfacht, schaute er nach links und rechts, nach rechts und links wie ein in die Enge getriebenes Tier, das einen Fluchtweg sucht. Er musste hier weg! Er konnte nicht bleiben! Es konnte sich bei diesen Menschen nur um eine Sekte handeln, die ihn entführt hatten. Verdammt noch mal, wenn er sich nur erinnern könnte, was passiert war!

Riley starrte mit offenem Mund das Foto an. Er hätte schwören können, dass bevor er es genauer betrachtet hatte, dort ein anderes Motiv zu sehen war. Nun präsentierte sich ihm der Hafen von Port Isaac. Riley seufzte.

Eine ihm vollkommen unbekannte Sehnsucht durchflutete seinen Körper. Das letzte an das er sich erinnern konnte, war das Treffen mit seinen Freunden. Sie hatten dort oben auf den Klippen einen netten Abend miteinander verbracht. Was zum Teufel war passiert? Wo war er?

Vor nicht allzu langer Zeit hatte ihn eine ältere Dame willkommen geheißen und ihm Unterlagen in die Hand gegeben, die er ausfüllen sollte. Vollkommen von der Situation überrumpelt, hatte er die Sachen an sich genommen, ohne Fragen zu stellen. Vorsichtig blickte er sich um. Bunte Stühle standen an den Wänden. Hier und dort saßen eigenartig gekleidete Gestalten, die anscheinend meditierten oder was auch immer, denn sie stierten stumm vor sich hin und nahmen keinerlei Notiz von seiner Anwesenheit. Bilder schmückten die Wände, deren Motive sich erst offenbarten, wenn man die in goldenen Rahmen eingefassten Fotos aus der Nähe begutachtete. Seltsamerweise waren alle Bilder, die er bisher gesehen hatte, Schnappschüsse aus seinem Heimatdorf. War das ein Zufall? Vielleicht erlaubte sich jemand einen Scherz mit ihm? Quatsch! Niemand würde solch einen Aufwand betreiben, um ihn aufs Glatteis zu führen. Er träumte. Na klar, das war des Rätsels Lösung. Er träumte - so musste es ein. Es gab keine andere vernünftige Erklärung. Riley kniff sich in den Unterarm, um seinen Verdacht zu bestätigen. Einmal, zweimal, dreimal... Na bitte, nichts. Er spürte keinen Schmerz. Das war der Beweis, dass es sich um einen blöden Traum handelte. Nur eines war eigenartig. Warum wachte er nicht auf? Wieso befand er sich immer noch in diesem fensterlosen Korridor?

„**N**eu hier?"

Mathis zuckte zusammen. Er kauerte auf einem der grellbunten Stühle, vollkommen außer Atem von der erfolglosen Suche nach einem Ausgang. Nur widerwillig wandte er sich der Stimme zu. Ihm gegenüber stand ein Mann im grauen Anzug, den er auf Mitte 60 schätzte. Er trug einen Hut und wirkte auf den ersten Blick wie ein Versicherungsvertreter. Mathis erster Gedanke war, diesen Kerl erst einmal mit Gewalt einzuschüchtern, um von ihm Erklärungen zu erhalten. Hinweise, die es ihm ermöglichen würden, aus seiner Misere zu entkommen. Doch schon nach Aufflammen dieser Idee wurde ihm klar, dass er sich nicht in einer optimalen Drohposition befand. Ganz im Gegenteil. Daher entschied er sich, erst einmal Konversation zu betreiben. Hin- und hergerissen, ob er sich freuen sollte, dass eines dieser seltsamen Individuen Kontakt mit ihm aufgenommen hatte.

„Ja, ich bin neu hier", antwortete er, hoffend dass sich gleich alles aufklären würde.

„Warst du schon bei Ihm?"

Mathis hatte keine Ahnung, wer oder was „Ihm" war und es stand ihm nicht der Sinn nach Rätsel raten.

Wut flammte auf, vermischte sich mit Ungeduld und Angst und brodelte in seinem Innern, wie ein schlafender Vulkan, der langsam aus seinem Dornröschenschlaf erwachte.

„Ihm?", presste er mühsam heraus. Nach wie vor hätte er diesem senilen Herrn lieber an den Kragen gepackt und Informationen herausgeschüttelt, aber ein Fünkchen Verstand, das sich dem erwachenden Feuerberg widersetzte, hinderte ihn daran.

„Ja, ja Ihm. Da kommen meistens alle hin."

„Aha", antwortete Mathis, während sein Gehirn auf Hochtouren lief. Es musste sich hierbei um den Anführer dieser Bande handeln. Verflixt, wie konnte er nur in so einen Schlamassel geraten?

„Wo finde ich diesen geheimnisvollen Ihm?"

Der Herr im Anzug lachte, dass ihm die Tränen die Wangen hinab liefen. Plötzlich verstummte er, beugte sich hinab und flüsterte Mathis ins Ohr: "Er findet dich." Dann wandte er sich ab und schlurfte den Korridor entlang.

„Warten Sie! Warten Sie!"

Doch Mathis Zurufe konnten ihn nicht stoppen. Er ging seines Weges, ohne sich noch einmal umzublicken.

„XL15976! Bitte hereintreten!"



„Ich wiederhole XL15976. Bitte hereintreten."

Riley saß wie erstarrt auf einem der bunten Stühle und atmete tief ein und aus. Er musste sich beruhigen, einen klaren Kopf behalten. Es gab für alles eine vernünftige Erklärung, oder nicht? Die weibliche Stimme, die die Nummer verkündete, war Balsam für seine Nerven. So wunderschön, fast sirenenhaft, dass er sich wünschte, sie würde ihn rufen. In seinen Gedanken zeichnete er ein Bild von dieser Person. Ein schlankes Mädchen in seinem Alter mit seidigem, schulterlangem Haar und grünen Augen. Riley seufzte. Zögernd schaute er sich um, voller Hoffnung, dass seine Lage sich verändert hatte, dass er aufwachte in seinem Bett und nach dem Aufstehen seinen Eltern von diesem eigenartigen Traum erzählen konnte beim gemeinsamen Frühstück. Noch nie hatte er sich mehr an den kleinen Ort seiner Geburt zurückgesehnt.

„Meine Eltern", flüsterte er und spürte einen Anflug von Heimweh, der von seinem Körper Besitz ergriff.

# Bodmin, England

„**E**r hat sich bewegt! Ich bin mir ganz sicher!" Olivia strich wiederholt über die Stirn ihres Sohnes, der wie schlafend in dem Krankenhausbett ruhte.

„Herr Doktor, Herr Doktor! Kommen Sie schnell!!!"

Mathew Mac Allister betrat den Raum in aller Ruhe. Dank seiner langjährigen Erfahrung besaß er ausreichend Routine, um sich nicht von der Aufgeregtheit der Angehörigen anstecken zu lassen.

„Beruhigen Sie sich, meine Liebe", sagte er mit einer klangvollen Stimme und betrachtete den Patienten. Er trat an das Bett und überprüfte ein paar Reflexe, bevor er sich Frau Olivia Carter zuwandte.

„Es liegt nicht in meinem Naturell, Ihnen falsche Hoffnungen zu machen. Dass Ihr Sohn ohne Hilfsmittel atmen kann, ist ein gutes Zeichen, aber..."

„A-Aber er hat sich bewegt! Ich bin mir sicher. Das muss doch etwas bedeuten."

Olivias Stimme überschlug sich. Ihre Augen fixierten den Doktor. Grüne Augen, die voller Hoffnung funkelten wie der Sternenhimmel bei einer wolkenlosen Nacht. Doch das Strahlen erlosch, der Himmel verfinsterte sich, bis ein dichtes Wolkenband das Licht verschluckte. Zurück blieb Verachtung, fühlbar wie die weiße Bettdecke, die den Körper ihres Sohnes bedeckte. Olivia zweifelte an der Kompetenz des Arztes. Sie fühlte sich im Stich gelassen. Ein Teil von ihr wollte diesen Kerl anschreien, ihn dazu zwingen etwas zu tun. Der andere Teil säuselte ihr zu, dass Doktor Mathew Mac Allister eine Koryphäe auf seinem Gebiet sei und er alles unternahm, was in seiner

Macht stand. Aber genau da lag das Problem... er unternahm nichts.

„Er hat sich bewegt", stammelte sie, "er hat sich bewegt." Der Klang ihrer eigenen Stimme erschreckte sie. Was war nur mit ihr los? Wie konnte sie sich so hinreißen lassen? Die Contenance verlieren - unfassbar!

„Entschuldigung", murmelte sie. „Aber er hat sich bewegt. Ich bin mir sicher, er wacht bald wieder auf. Ich weiß, dass er wieder aufwacht!"

Doktor Mac Allister öffnete den Mund, doch kein Wort entrann seiner Kehle. Stattdessen bedachte er den jungen Patienten mit einem Blick, wandte sich dann abrupt ab und verließ das Zimmer.

## Neuenrade, Deutschland

„Der Begriff „Koma" kommt aus dem Griechischen und heißt übersetzt „tiefer Schlaf". Es gibt, wie Sie sich vielleicht denken können, verschiedene Stufen. In Stufe eins reagieren die Patienten auf schmerzhafte Reize noch mit gezielter Abwehrbewegung. Patienten der Stufe zwei wehren Schmerzreize nur ungezielt ab. Der Pupillenreflex funktioniert, währenddessen bei..."
„Schön und gut. Aber wenn wir all dieses Vorgeplänkel weglassen könnten und Sie stattdessen meine Frage beantworteten."
Prof. Dr. Dr. Holger Jürgen Henrichs schaute sein Gegenüber an, als überlegte er eine geeignete Vorgehensweise, um diesen Herrn zum Schweigen zu bringen. In seiner langjährigen Praxis hatte es nie jemand gewagt, seine Ausführungen zu unterbrechen.
„Was erlauben Sie sich?", wandte er sich vorwurfsvoll an den Kontrahenten und ruckelte an seiner Brille. Unter Kollegenkreisen war bekannt, dass diese Geste die Vorstufe zu einem Ausbruch war, den es unter allen Umständen zu vermeiden galt. Aber Alexander Kissler war kein Arzt, sondern ein besorgter Vater, der mit den Verhaltensmustern von Professor Doktor Doktor Holger Jürgen Henrichs nicht vertraut war.
„Was erlauben Sie sich?", wiederholte er wie ein trotziges Kind. Prof. Dr. Dr. Holger Jürgen Henrichs war eine Berühmtheit auf seinem Fachgebiet und hatte sich mehr oder minder überreden lassen, in diesem sauerländischen Ort „Neuenrade" einen Vortrag über „Koma - das Unbekannte" zu halten. Er hatte einige Zeit benötigt, um seine Worte für das gemeine Volk in

verständliche Sätze zu formulieren. Umso dreister diese Unterbrechung. Einfach unerhört! Er hätte sich niemals auf dieses Vorhaben einlassen sollen. Aber Dr. Franke, der Chef der hiesigen Bank hatte ihn mehrmals gebeten und nun ja... Man hatte schließlich so manchen netten Abend auf dem Kreuzfahrtschiff miteinander verbracht. Es war sogar geplant, dem Ehepaar in Balve einen Besuch abzustatten. Zusammen hatte man sich vorgenommen die „Italienische Nacht" in der Balver Höhle, Deutschlands größter Natursteinhöhle, in der das ganze Jahr über Konzerte und Theateraufführungen stattfanden, bei Gelegenheit miteinander anzusehen. Dr. Franke hatte das Event als sehr beindruckend, wenn auch ein wenig fußkalt beschrieben. Er und seine bezaubernde Gattin waren sehr gebildete Leute und er, Prof. Dr. Dr. Holger Jürgen Henrichs wusste nette Gespräche zu schätzen. Nach seiner Ansicht gab es nicht viele Menschen, mit denen man Konversation auf hohem Niveau betreiben konnte. Wieder im Hamburger Hafen angekommen, hatte man sich erst einmal für Mitte September verabredet, um gemeinsam in See zu stechen. Nun stand er auf dieser Bühne, in einem Raum, den man den „Kaisergarten" nannte und überschlug im Kopf, wie viele à-la-carte Essen Herr Dr. Franke spendieren musste, um dieses Debakel wiedergutzumachen. Natürlich war er auf Fragen vorbereitet gewesen, aber diese direkte Konfrontation behagte ihm nicht. Er fühlte sich bedrängt, ein Gefühl, das er zuletzt während seiner Studienzeit gespürt hatte.

„Also was ist? Wird mein Sohn wieder wach? Sie bezeichnen sich als renommierten Neurochirurgen und sind nicht in der Lage mir eine Antwort zu geben."

Prof. Dr. Dr. Holger Jürgen Henrichs räusperte sich.

„Wie ich bereits erwähnte. Das Wort „Koma" stammt aus dem..."

„Ja, ja aus dem Griechischen", spottete Alexander Kissler, „aber mich interessiert nur eins. Wird mein Sohn wieder aufwachen?"

Im gefüllten Saal herrschte bedrückende Stille. Eine ungewöhnliche Ruhe, als habe jeder der dreihundertfünfzig Zuhörer auch das Atmen eingestellt, um nichts zu verpassen. Alle Augen waren auf den Professor gerichtet.

„Ich glaube, wir haben unseren verehrten Gast lange genug in Anspruch genommen", sprach ein Mitarbeiter der Bank ins Mikrofon, „bedanken wir uns bei unserem hoch geschätzten Fachmann mit einem Applaus."

Es schien, als habe Prof. Dr. Dr. Henrichs nur auf diesen Moment gewartet. Ohne ein weiteres Wort zu sagen, verschwand er von der Bühne. Den zögerlich einsetzenden Beifall verpasste er, da er sich zu dieser Zeit bereits auf dem Weg zu seiner Luxuslimousine befand.

## Küntrop, Deutschland

„Er konnte mir keine Antwort geben", jammerte Alexander Kissler und starrte in seine Kaffeetasse. Seine Ehefrau Julia saß ihm gegenüber und schwieg. Sie konnte seine Wut und Enttäuschung nicht teilen. Als der Brief ihrer Hausbank aus Balve eingetroffen war, in der diese jedes Mitglied herzlichst zur diesjährigen Versammlung einlud und als Stargast Neurochirurg Prof. Dr. Dr. Holger Jürgen Henrichs ankündigten, hatte ihr Ehemann dies als positives Zeichen gedeutet.

„Da müssen wir hin! Dort werden wir Antworten finden!", hatte ihr Mann gerufen, als ob er jauchzend die heilige Schrift verkündigte. Sie hatte nur genickt und sich unter dem Vorwand des Unwohlseins vor der Veranstaltung gedrückt.

Seit dem Unfall ihres Sohnes war nichts mehr wie es einmal war. Alles schien sinnlos. Sie hatte sich vorerst beurlauben lassen. Obwohl sie sich eigentlich nach Abwechslung sehnte. Der Wunsch, sich in die Arbeit zu stürzen war übermächtig. Wären da nicht ihre Kollegen und Kolleginnen mit ihren mitfühlenden Blicken, die das Arbeiten zur Tortur machten. Immer wieder dieses: Das tut mir leid. Gibt es etwas Neues? Wird er wieder gesund? Diese wohlgemeinten Fragen und Standardfloskeln waren eine Folter, die sie zermürbten und die sie dazu gedrängt hatten, vorerst zu Hause zu bleiben. Die Angst bei der Bankveranstaltung Bekannte zu treffen, war so riesengroß, dass sie sich entschieden hatte fernzubleiben. Abgesehen davon, dass sie im Gegensatz zu ihrem Ehemann, nicht daran glaubte, dass dieser Neurochirurg irgendetwas bewirken konnte.

Jeden Tag verbrachte Julia am Bett ihres Sohnes und redete, redete und redete. Gestern Nachmittag hatte sie aus einem Buch vorgelesen, das mit den Worten endete: *„Es gibt mehr Dinge zwischen Himmel und Erde als unsere Schulweisheit sich träumen lässt."* ZITAT Shakespeares Tragödie "Hamlet"

Sie konnte nicht sagen, warum ihr dieser Satz immer wieder in den Sinn drängte. Er erschien einfach in ihrem Kopf wie ein Lied, das man in den Morgenstunden hört und das uns manchmal durch den ganzen Tag begleitet.

„Es gibt mehr Dinge zwischen Himmel und Erde, als unsere Schulweisheit sich träumen lässt", sagte sie laut und blickte ihren Mann an, der noch immer auf seinem Stuhl hockte wie eine weggeworfene Marionette, deren Fäden hoffnungslos verwickelt waren.

„Was soll das heißen?!, keifte er und knallte die Kaffeetasse schwungvoll auf den Tisch, „bist du jetzt unter die Apostel gegangen?"

„Ich, ich, nun..." Julia begann zu stammeln. Sie war unfähig einen vernünftigen Grund aufzuführen, warum sie dieses Zitat rezitiert hatte.

„Es gibt mehr zwischen Himmel und Erde", spottete er und lachte hämisch. „Pah, was soll das sein? Glaubst du etwa, unser Sohn sitzt im Wartezimmer des Vorhimmels und muss sich bis zur Abfertigung noch ein wenig gedulden?" Diese Vorstellung amüsierte Alexander Kissler. Er fing an zu grölen, als hätte er soeben den Witz des Jahrhunderts kreiert.

„Wartezimmer", prustete er heraus, „Wartezimmer.

Patient 1234 bitte hereintreten!"

„Reiß dich zusammen!", tadelte Julia und bedachte ihren Mann mit einem vernichtenden Blick.

„Wartezimmer", wiederholte dieser und lachte, doch seine Augen blieben starr und kalt. Es war eine Mischung aus Wut, Verzweiflung und Angst. Julia erhob sich von ihrem Stuhl, trat hinter ihren Gatten und schloss ihn in die Arme.

„Pst", flüsterte sie, "Pst" und schmiegte sich an ihn. Langsam verebbte das Gelächter, wurde leiser, schwächer, bis es erstarb.

„Patient 1234", sagte Alexander. Es klang wie der Schlusssatz zu einem dramatischen Bühnenstück.

## WEDER dort noch hier

Erst jetzt wurde Mathis bewusst, dass er wieder diese Kladde in den Händen hielt. Verrückt, dachte er. Er konnte sich gar nicht daran erinnern, sie aufgehoben zu haben. Spielte sein Unterbewusstsein ihm einen Streich? Alles hier war so merkwürdig, unwirklich wie in einem Traum. Diese Stimme, die nach einer bestimmten Nummer verlangt hatte, war verklungen. Stille war eingekehrt, nur ab und zu unterbrochen von den Schritten einer Person, die an ihm vorbeischlurfte, ohne Notiz von ihm zu nehmen, fast als bestände er aus Luft - unsichtbar für alle anderen.

„Ich verstehe Spaß", sagte Mathis, „ich verstehe einen Scherz." Mathis lachte. Na klar, dass er nicht gleich darauf gekommen war. Ein Gag. Was sollte es sonst sein? Doch keiner von den Anwesenden stimmte in sein Gelächter ein. Niemand trat auf ihn zu, um ihm zu gratulieren und in einer Fernsehshow willkommen zu heißen. Die einzigen Worte die er aufschnappte, waren die einer jüngeren Dame: „Das ist normal. Das Gefühl kennen wir alle." Noch bevor Mathis etwas erwidern konnte, war diese Person weitergegangen. Sie reagierte nicht auf Zurufe, auf seine Fragen, die er immer wieder wiederholte, wie ein Kleinkind, das den neu erlernten Satz vor sich hin plappert. "Wie meinen Sie das? Wie meinen Sie das?"

Nach dem Anflug von Fröhlichkeit, der kurzen Phase der Verzweiflung kam die Wut. Er sprang auf, legte die Kladde auf einen der Stühle und ging den endlosen Korridor entlang. Jede Person, die er dort antraf, bombardierte er mit denselben Fragen. „Wo bin ich?

Was ist hier los?" Einige ließen sich nicht stören, schauten ihn nur an, als hätten sie ein Schweigegelübde abgelegt, andere antworteten. Allerdings wurde er aus ihren Äußerungen nicht schlau. „Ich bin nicht befugt, dir etwas zu sagen. Das sollen sie dir selber erzählen." Beruhige dich, du wirst es noch früh genug erfahren." Die ganze Situation war verwirrend. Er brüllte, zeterte und schimpfte aus einem unerschöpflichen Repertoire. Niemand griff ein, niemand versuchte ihn zur Räson zu bringen. Schon bald wurde seine Stimme heiser, bis er schließlich nur noch ein Krächzen hervorbrachte. Von da an ignorierte er die Menschen, denen er ab und zu begegnete. Er konzentrierte sich auf Türen, auf vermeintliche Ausgänge. Mathis beschleunigte seine Schritte, bis er schließlich rannte. Das konnte doch nicht wahr sein? Sein Kopf wandte sich von rechts nach links und von links nach rechts, in einer Schnelligkeit, als verfolgte er ein Tennisspiel. Doch so sehr er sich auch anstrengte, er fand keine Tür. Es konnte sich nur um einen Albtraum handeln. Na klar, dass musste die Lösung sein. Es gab keine andere Erklärung. Nirgendwo auf der Welt existierten Korridore ohne Ausgänge. Er sah Dinge, die es nicht geben konnte. Das konnte nur an dem Alkohol liegen. Das Beste würde sein, sich einfach hinzusetzen, die Augen zu schließen und den Rausch abzuwarten. Sofort setzte er seine Gedanken in die Tat um. An Ort und Stelle ließ er sich auf einen der Stühle nieder und schloss die Augen. Sein Atem ging stoßweise.

„Alles in Ordnung? Hallo bist du ok?"

Es dauerte einige Sekunden bis Mathis registrierte, dass diese Frage ihm galt. Er öffnete die Augen und bemerkte erst jetzt den Jungen, der ihm gegenüber saß und ihn mit sorgenvoller Miene musterte.

„Ja, ja", stammelte Mathis.

Er war hin- und hergerissen zwischen Dankbarkeit, dass ihn jemand ansprach und Verzweiflung, als er bemerkte, dass er sich immer noch in diesem verfluchten Flur befand. „Hi", sagte sein Gegenüber, „ich heiße Riley."

„Aha", presste Mathis mühsam heraus, „ich bin Mathis."

„Nett, dich zu treffen", antwortete Riley.

Mathis nutzte die Gelegenheit dieses gesprächige Gegenüber näher zu betrachten. Mit dem dunkelblonden, leicht gewellten Haar, braunen Augen und den vereinzelten Sommersprossen im Gesicht wirkte er wie der Prototyp eines Kumpels, mit dem man um die Häuser ziehen konnte. Abgesehen davon schien er in seinem Alter zu sein. Mathis räusperte sich. Vielleicht klärte sich jetzt alles auf? Plötzlich bemerkte er die Kladde, die dieser Riley in den Händen hielt.

„Ach, so ein Ding hatte ich auch. Habe ich irgendwo liegen gelassen", verkündete er.

„Wieso liegen gelassen?", fragte Riley, „das Ding befindet sich doch rechts neben dir."

„WAS? WIE?" Vorsichtig wandte Mathis seinen Kopf nach rechts. Er spürte sein Herz rasen, seine Hände zitterten. Das konnte doch alles nicht wahr sein! Er hätte schwören können, dass er dieses verfluchte Teil zurückgelassen hatte. Aber dieser Riley hatte recht.

Langsam, sehr langsam fasste er nach dem Klemmbrett, als könnte es sich in eine gefährliche Schlange verwandeln, die darauf gierte, ihre Giftzähne in seinen Fingern zu versenken.


„Nummer NYU432P bitte eintreten!"
Sofort sah er sie wieder vor sich. Seine geistige Schöpfung - dieses Mädchen. Das seidig glänzende Haar, diese wunderschönen grünen Augen. Riley seufzte, während sein Gegenüber damit beschäftigt war, nach dieser Kladde zu greifen, als handelte es sich um eine tickende Bombe. War schon ein wenig eigenartig dieser Kerl. Trotzdem war er froh, diesen Jungen getroffen zu haben. Er konnte dieses Gefühl nicht erklären, da es keine vernünftige Erklärung gab, aber er fühlte sich irgendwie verbunden, als hätten sie etwas gemeinsam. Aber was sollte das sein? Riley musste schmunzeln, zumindest teilte er nicht dessen Angst vor diesem Klemmbrett.
„Nummer NYU432P bitte eintreten", wiederholte diese wunderschön klingende Stimme. Es war unmöglich einzuordnen woher sie kam. Sie erfüllte den langen Flur, schien überall zu sein, schwebte in der Luft. Ein Gesang, der einen hinfort trug in eine Welt voller Seligkeit. Doch der Zauber war nur von kurzer Dauer. Wann würde sie ihn rufen? Aber Moment mal - sie konnte ihn doch überhaupt nicht zu ihm bitten, er hatte doch keine Nummer. Plötzlich wurde ihm bewusst, dass er sich dieses Formular noch nicht angesehen hatte. Vielleicht würde dieses Anmeldeformular

alles aufklären?

„Was soll das denn bedeuten?", erklang es in diesem Augenblick von diesem Mathis. Riley blickte ihn an. Aha, dieser Mathis schien seine Furcht der Kladde gegenüber abgelegt zu haben. Er stierte auf das Formular, schaute auf, um dann wieder seine Aufmerksamkeit dem Blatt Papier zuzuwenden.

„Ich verstehe das nicht", murmelte er, bevor er sich wieder ihm zuwandte. Rileys Neugier war geweckt. Vielleicht konnte er das Rätsel lösen? Jetzt erst bemerkte er, dass dieses Klemmbrett nicht aus dem sonst üblichen harten Kunststoff hergestellt worden war. Dieses Material war weich und schien sich den Händen anzuschmiegen. Erinnerungen an seinen verstorbenen Hund Crush drängten in sein Gedächtnis. Vierzehn Jahre war Crush sein ständiger Begleiter gewesen, bis er letztes Jahr in den Hundehimmel abberufen worden war. Obwohl bereits etliche Monate seit dessen Ableben vergangen waren, konnte Riley nicht verhindern, dass ihn immer noch eine gewisse Wehmut und Trauer befiel, wenn er an den Tod seines treuen Begleiters dachte. Dessen Fell war genauso weich gewesen wie diese eigenartige Kladde. Erst jetzt konzentrierte sich Riley auf die Unterlagen oder besser gesagt auf das eine Blatt, was bei diesem Mathis für Unverständnis gesorgt hatte. Es war in Wolkenform geschnitten und schimmerte leicht golden. Aber nicht nur das Design war außergewöhnlich, sondern auch der Text, der in schwarzen Buchstaben auf diesem Stück Papier zu lesen war. Links stand sein Name: RILEY CARTER in verschnörkelter, doch trotzdem noch gut leserlicher Schrift. Rechts davon sein Geburtsjahr und darunter das Datum 10. August, was als Aufnahmedatum bezeichnet wurde. Zwei weitere Kästchen waren noch leer.

„Übergang und Rückkehr", murmelte Riley.

„Verstehst du das?"

Riley schaute auf und blickte in das Gesicht von Mathis, der ihn voller Erwartung anstarrte.

„Übergang? Rückkehr? Hm?"

„Ich sage dir was", wetterte Mathis, „ entweder ist das so eine fragwürdige Sekte oder jemand erlaubt sich einen Scherz mit uns."

„Tja", antwortete Riley und musterte das Blatt eingehend, „wenn nur irgendwo eine Nummer wäre. Dann könnten wir zu dieser netten Dame an der Anmeldung gehen und..."

„Du verbindest doch nicht mit einer netten Dame diese Lautsprecherstimme. Ich wette, das ist auch alles Lug und Trug, dahinter verbirgt sich bestimmt eine alte Schachtel. Graue, zu einem Knoten zusammengebundene Haare, Brille und ein eng anliegendes Kostüm. Das einzige Jugendliche an ihr ist die Stimme."

Riley konnte sich ein Lachen nicht verkneifen.

„Du bist verdammt pessimistisch. In meiner Vorstellung verbirgt sich hinter dieser Stimme ein neunzehnjähriges Mädchen mit seidig glänzendem Haar und grünen Augen." Nun war es an Mathis aufzulachen.

„Na, du hast Träume. Übrigens ich bin auch neunzehn Jahre alt. Dann würde die Kleine wohl gut zu mir passen."

„Oh, diesbezüglich muss ich dich enttäuschen. Ich bin nämlich auch neunzehn", erwiderte Riley. „Was für ein Zufall. Na, da hätten wir schon gleich den ersten

Streit vorprogrammiert, wer von uns die Kleine bekommt. Zumindest, wenn sich meine Vorstellung als wahr erweisen sollte. Übrigens wir scheinen auch den gleichen Klamottengeschmack zu haben."

„Stimmt. wir scheinen denselben Schneider zu haben."

Mathis lachte erneut, bevor sich die beiden eingehend mit dem Klemmbrett beschäftigten. Beseelt von der Idee, herauszufinden, welche Beschreibung der lieblichen Frauenstimme am nächsten kam.

„Nichts zu finden", verkündete Mathis.

„Ich verstehe das auch nicht. Was sollen wir denn mit diesem bescheuerten Dokument, wenn wir es noch nicht mal unterschreiben müssen, obwohl..."

„Was ist?", wollte Mathis wissen, doch er bekam keine Antwort.

Riley betrachtete fasziniert den rechteckigen Kasten, der sich am unteren Teil das Blattes befand und über dem klein: "Bitte bestätigen Sie hier" stand.

„Hast du das gesehen?", fragte Riley und präsentierte Mathis seine Entdeckung. Mathis schaute nur kurz hin und lehnte sich dann wieder in seinem Stuhl zurück, die Kladde in den Händen.

„Na klar, habe ich", antwortete er. Es klang fast ein wenig beleidigt. „Aber wie sollen wir etwas bestätigen ohne Kugelschreiber oder irgendein anderes Schreibutensil."

„Vielleicht muss man die Stelle berühren oder reiben", erwiderte Riley und probierte es sogleich aus. Doch nichts geschah.

„Wo immer wir auch gelandet sein mögen, dieser „Verein" kann noch nicht einmal logische Dokumente entwickeln", seufzte Mathis und versuchte ebenfalls dem „Bitte bestätigen Sie hier" Button seine Geheimnisse zu entlocken. Als Riley die Lücke mit beiden Daumen gleichzeitig berührte, passierte es. Das goldene Blatt leuchtete auf. Ein röntgenähnlicher Strahl durchleuchtete die Finger. Das Geschehen zog ihn in seinen Bann. Er fühlte sich unfähig zurückzuweichen. Hypnotisiert beobachtete er das Farbenspiel. Der helle Lichtschein verblasste und leuchtete rot dann grün, bis aus dem Nichts Buchstaben erschienen.

„Meine Unterschrift", stammelte Riley.

Unfassbar. Das war tatsächlich seine Unterschrift. Das t geschwungen, so dass es hin und wieder zu Missverständnissen führte, da der ein oder andere es mit einem l verwechselte.

„Das ist Zauberei." Während Riley immer noch fassungslos seinen Namen betrachtete, leuchtete das Blatt erneut auf. Die Helligkeit war so durchdringend, dass er für einen Bruchteil von Sekunden die Augen schließen musste. Als er sie wieder öffnete, stand dort, auf der oberen linken Blattseite, in großen schwarzen Lettern: KIMA7976.

## Port Isaac, England

Es war geschafft. Der letzte Gast hatte die Pension verlassen oder war auf ihr Bitten auf ein anderes Bed & Breakfast ausgewichen. Sie hatte keine Kraft mehr, den Gästen Rede und Antwort zu stehen.

„Wie geht es Ihrem Sohn? Ist er aus dem Koma erwacht? Bestimmt wird alles gut. Er war so ein netter Junge."

Jede dieser Fragen war ein Messerstich in eine offene Wunde. Olivia war sich durchaus bewusst, dass niemand sie und ihren Mann verletzen wollte. Doch die Anteilnahme erdrückte sie. Immer wenn sie für den Bruchteil von Sekunden die gegenwärtige Situation verdrängte (diese Momente waren ohnehin selten), wurde sie blitzartig wieder in die Wirklichkeit zurückkatapultiert. Es war anstrengend genug mit den Nachbarn, engen Freunden und Verwandten zurechtzukommen. Viele riefen an oder kamen vorbei, bekundeten ihr Mitgefühl oder saßen einfach nur schweigend vor ihnen. Sprachlos, unfähig die richtigen Worte zu finden. Sie nahm es ihnen nicht übel. Wie hätte sie sich an deren Stelle verhalten? Gab es überhaupt die richtigen Worte? Olivia blickte auf das Meer. Kleine Schaumkronen tanzten auf der Oberfläche und erweckten den Eindruck, dass sich ganze Fischschwärme für einen Moment aus den Tiefen des Wassers erhoben, um sich dann wieder in das kühle Nass zu stürzen. Eine leichte Brise strich über ihre Wangen, spielte mit ihren Haaren, beinahe zärtlich, als versuchte selbst der Wind sie zu trösten. Olivia seufzte. Plötzlich wurde die Stille von Stimmengewirr unterbrochen. Sie schaute in die Richtung, aus der der Krach kam und erblickte ein paar Personen, die anscheinend wie sie die Aussicht genießen wollten. Offensichtlich handelte es sich um eine Familie. Eine Frau, schätzungsweise Mitte Dreißig hielt an jeder Hand ein circa vierjähriges Kleinkind. Es war unverkennbar, dass es sich um Zwillinge handelte, denn die Mädchen, beide in bunte Blumenkleider gehüllt, sahen sich zum Verwechseln ähnlich. Ein Mann folgte dem Dreiergespann, vertieft in ein Gespräch mit einem aufgeweckten Jungen. Es war ein Stich in Olivias Herz. Die Fröhlichkeit, die Unbeschwertheit dieser intakten Familie. Neid vergiftete ihre Gedanken. Vergessen waren die Trauer und die Melancholie, in die sie sich eingesponnen hatte wie in einen schützenden Kokon. Negative Sätze malträtierten ihr Denkvermögen - unkontrollierbar. Warum durfte diese Familie glücklich sein? Drei gesunde Kinder... Und sie? Wo blieb die Gerechtigkeit? Konnte nicht von denen genommen werden, die mehr hatten? War das zu viel verlangt? Unruhig rutschte Olivia auf der Bank hin und her, während sie das Herumtollen der Kinder beobachtete wie ein Raubtier seine Beute. Konnte nicht eines der drei die Klippen hinabstürzen...? Es war bösartig, es war verkehrt solche Dinge heraufzubeschwören und doch... Sie begann leise zu schluchzen, ihre Augen füllten sich mit Tränen.

„Nein, so etwas darfst du nicht denken, Olivia", murmelte sie und suchte in ihrer Rocktasche nach einem Taschentuch. Gerade als Olivia sich die Nase putzte, stand sie einfach vor ihr. Olivia zuckte vor Schreck zusammen, das Taschentuch fiel zu Boden.

Ein kleines Mädchen mit goldenen Locken und blauen Augen, die voller Herzlichkeit und Wärme strahlten. Sie wirkte wie ein Engel, eine Erscheinung aus einer anderen Welt. Das Mädchen lächelte und streckte Olivia ein Gänseblümchen entgegen. Doch Olivia war unfähig, sich zu bewegen oder irgendetwas zu erwidern. Mit offenem Mund starrte sie die Kleine an. Vorsichtig legte das Mädchen Olivia die Blume in ihren Schoß, bevor sie sich umdrehte und davonrannte.

„Danke", flüsterte Olivia und betrachtete das gelb-weiße Blümchen. Von einem inneren Impuls getrieben, nahm sie das Gänseblümchen in ihre Hände und zupfte Blütenblatt für Blütenblatt.

„Er wird gesund. Er wird nicht gesund. Er wird gesund. Er wird nicht gesund. Er wird gesund..." Sie stockte. Der Gedanke, dass diese kleine Pflanze ihr prophezeien könnte, was sie nicht hören wollte, veranlasste sie, das Vorhaben zu unterbrechen.

„Entschuldigen Sie, ich hoffe unsere Tochter hat Sie nicht belästigt."

Olivia schreckte auf. Tief in Gedanken versunken hatte sie nicht bemerkt, dass sich jemand der Bank genähert hatte. Sie schaute auf und blickte in das Gesicht der jungen Mutter, die ihre Frage noch einmal wiederholte.

„Ich bitte um Entschuldigung, falls unsere Tochter Sie belästigt haben sollte."

„Nein, nein. Es besteht kein Grund zur Entschuldigung. Ihre Tochter ist entzückend", presste Olivia heraus. Sie schämte sich zutiefst ihrer Gefühle, die sie noch vor wenigen Augenblicken gegenüber dieser fremden Leute gehegt hatte.

„Ja, unsere Leni ist schon ein richtiger Wirbelwind. Haben Sie auch Kinder?"

Für den Bruchteil einer Sekunde fehlte Olivia der Sauerstoff zum Atmen. Ihr Herz krampfte sich zusammen, ihre Finger zerquetschten das Gänseblümchen.

„Ich habe einen Sohn", sagte sie stockend, „er geht bald nach London studieren."

„Wirklich! Das ist ja toll! Dann wünsche ich ihm und Ihnen alles Gute für die Zukunft." Mit diesen Worten wandte sich die Fremde ab und ging zurück zu den restlichen Familienmitgliedern, die schon auf sie zu warten schienen.

Olivia starrte ihnen hinterher, ohne einen klaren Gedanken fassen zu können. Sie war eine seelenlose Puppe, eine Dekoration, der keine besondere Aufgabe zufiel. Im Nachhinein konnte sie nicht sagen, wie viel Zeit vergangen war. Eine Minute, eine Stunde, ein Tag - sie hatte keine Ahnung. Mit zittrigen Händen öffnete sie ihre geballte Hand. Die grobe Behandlung hatte der Blume nicht geschadet, abgesehen von den fehlenden Blütenblättern strahlte sie in all ihrer Pracht.

„Er wird gesund", sagte Olivia und steckte die Pflanze in die Tasche ihres Rockes.

## WEDER dort noch hier

„**K**rass!!!", rief Mathis, "ist ja echt abgefahren. Ich nehme zurück, dass ich gesagt habe, die wären zu blöd ein Formular zu entwickeln. Also sag schon! Was hast du gemacht, um diese Nummer zu bekommen?"

Riley schien noch ein wenig fassungslos zu sein, anstatt zu antworten, starrte er auf sein Dokument. Die Augen weit aufgerissen voller Erstaunen, als habe er die Entdeckung des Jahrtausends gemacht, ohne es selbst glauben zu können.

„Riley! Riley!" Mathis musste ihn mehrmals ansprechen, bevor dieser aus seiner Trance erwachte.

„Ja", antwortete Riley. Für Mathis Begriff klang es sehr kläglich, aber er sparte sich einen Kommentar. Viel wichtiger erschien ihm, Riley zum Reden zu bringen.

„Also was hast du getan, um diese Zahlen- und Buchstabenkombination zu bekommen?"

„I-Ich glaube, du musst mit beiden Daumen gleichzeitig dieses verfluchte Wolkenpapier an dieser Stelle berühren."

Warum verflucht? , dachte Mathis, während er sich mit beiden Daumen dem schwarzen Balken näherte, den Riley ihm gezeigt hatte. Plötzlich hielt er inne.

„War das schmerzhaft?", fragte er und musterte Riley, damit ihm auch keine Gesichtsregung entging. Mittlerweile schien Riley seine Contenance wiedererlangt zu haben, da er seine Aufmerksamkeit Mathis zugewandt hatte.

„Nein! Nein!", erwiderte Riley und bestätigte seine

Aussage durch ein Kopfschütteln.

„Ganz im Gegenteil. Es war irgendwie schön."

„S c h ö n?", fragte Mathis. Er fand dieses Wort mehr als unpassend, um die Situation zu beschreiben. War schon ein komischer Kauz, dieser Riley. Da Riley keine weiteren Erläuterungen oder Instruktionen gab, konzentrierte sich Mathis auf das „Bitte bestätigen Sie hier" Feld. Seine Daumen schwebten nur wenige Millimeter über dem schwarzen Balken.

„Mach schon!", erklang es voller Ungeduld von seinem Gegenüber. „Sei nicht feige!"

Dies war Mathis Stichwort. „Feige" - welche Unverschämtheit, ihn so zu titulieren. Er berührte den Balken und da passierte es...

Das goldene Papier leuchtete auf, während der röntgenähnliche Strahl seine Daumen zu untersuchen schien. Es folgte ein Farbenspiel von rot und grün, bis wie durch Geisterhand seine Unterschrift auf dem Blatt sichtbar wurde. Riley hatte nicht gelogen, dachte Mathis, es war schön. Unbeschreiblich schön. Ein erneutes Aufflackern zwang Mathis seine Augen für einen Moment zu schließen. Als er die Lider wieder öffnete, registrierte er sofort die Nummer auf der oberen linken Blattseite.

„KIMA7976", las Riley laut vor. „Hey, das ist dieselbe Nummer wie bei mir."

Mathis, noch vollkommen fasziniert von dem was ihm soeben widerfahren war, benötigte einen Augenblick, bis er Rileys Äußerung begriff.

„Wie? Was? Dieselbe?"

Gemeinsam kontrollierten sie Ziffer für Ziffer mehrere Male.

„Tatsächlich", stellte Mathis fest und lehnte sich in seinem Stuhl zurück.

„Wir scheinen einige Gemeinsamkeiten zu haben. Dasselbe Alter, das sogenannte Aufnahmedatum, dieselbe Nummer. Wäre witzig, wenn wir feststellten, dass du auch aus Küntrop kommst."

„Woher?", fragte Riley, die Stirn in Falten.

„Küntrop", wiederholte Mathis und betonte Buchstabe für Buchstabe. „Das musst du doch kennen", fügte er scherzhaft hinzu.

„Tut mir leid. Habe ich noch nie gehört. Ich komme übrigens aus Port Isaac. Über dir hängt sogar ein Foto vom Hafen", sagte Riley und zeigte auf die Wand hinter Mathis. Mathis Gehirn arbeitete auf Hochtouren, er war sich sicher, diesen Ort schon einmal gehört zu haben. Aber in welchem Zusammenhang? Während er angestrengt nachdachte, spürte er ein leichtes Kribbeln, ein unangenehmes Bauchgefühl, für das er keine Erklärung hatte. Doch noch bevor er sich näher mit diesem Phänomen beschäftigen konnte, war es verschwunden wie eine Fata Morgana, die sich in Luft auflöst.

„Port Dingsbums", murmelte er; „Hm."

Nun, wenn er dieses Foto sehen würde, klärte sich bestimmt alles auf. Jetzt erst wurde ihm bewusst, dass er diesen in Goldrahmen eingefassten Bildern bisher keine große Beachtung geschenkt hatte. Er stand auf, drehte sich der Wand zu und blickte gemeinsam mit Riley die Fotografie an.

„Das ist der Hafen. Dies ist der Ausblick, wenn du von der Klippe herunterschaust."

Mathis fixierte das Bild. Er erstarrte, sein Herzschlag

beschleunigte. Dieses eigenartige Gefühl von vorhin kehrte zurück mit einer Stärke und Intensität, dass er nur mit Mühe und Not einen Schmerzensschrei unterdrücken konnte.

„Der Hafen", stammelte er und musterte Riley wie eine ihm unbekannte Spezies, bevor er den Blick wieder der Fotografie zuwandte.

„Ja richtig, der Hafen. Hier oben habe ich mit ein paar Freunden gesessen, bevor..." Riley stoppte mitten im Satz und zeigte stattdessen mit dem Finger auf das Foto.

„HAFEN", murmelte Mathis, als versuchte er mühselig diese Vokabel seinem Wortschatz zuzufügen.

„Ist irgendetwas mit dir nicht in Ordnung?", hörte er Riley fragen.

Es vergingen einige Sekunden, bevor Mathis genug Sauerstoff fand, um zu antworten.

„Ich bin mir nicht sicher", presste er heraus, „vielleicht stimmt ja auch mit dir etwas nicht. Auf diesem Bild ist kein Hafen, sondern die Motte von Küntrop."

„Die was?"

„Die Motte von Küntrop, eine Turmhügelburg", belehrte ihn Mathis und schaute Riley in die Augen. Voller Hoffnung, dass Riley das Missverständnis aufklären würde, ihn anlächelte und zugab, dass er sich einen Scherz mit ihm erlaubt hatte. Stattdessen verfolgte er mit großer Besorgnis, dass die Gesichtsfarbe von Riley blasser und blasser wurde. In dessen braunen Augen spiegelte sich Verzweiflung und Unglauben. Mathis fühlte sich, als verlöre er den Halt unter seinen Füßen. Instinktiv griff er nach der Lehne eines Stuhls, um nicht an Ort und Stelle auf den Boden zu stürzen.

„Du siehst dort wirklich einen Hafen", stellte Mathis fest und wollte die Antwort eigentlich gar nicht hören. Riley, mittlerweile so weiß wie die endlosen, langen Wände des Korridors, nickte nur.

„Du machst keine Scherze?"

Wieder schüttelte Riley nur den Kopf, als habe er sein Sprechvermögen eingebüßt. Mathis hatte keine Ahnung, warum er die nächste Frage stellte. Es schoss einfach aus ihm heraus, eine dieser Sätze, die man ausspricht, ohne Herr seiner Sinne zu sein.

„Wo liegt dieses Port Eisack?"

„Port Isaac", verbesserte ihn Riley mit leiser Stimme, „in Cornwall."

„Ach", erwiderte Mathis, während eine Flut von Informationen auf ihn einprasselte. Die Küste von Cornwall war eine beliebte Filmkulisse im deutschen Fernsehen. Seine Mutter liebte diese atemberaubende Landschaft und die dazugehörigen kitschigen Filme, die im totalen Kontrast zu dem Programm standen, das er und sein Vater bevorzugten.

„Hm", sagte Mathis, der Gedanke an zu Hause hatte etwas Beruhigendes, es lenkte ihn ab von den unerklärlichen Dingen, die um ihn herum passierten, erschienen wie ein Teil einer Wirklichkeit, die leider mehr und mehr verblasste.

„Cornwall", wiederholte Mathis, der Klang der eigenen Stimme gab ihm einen gewissen Grad von Sicherheit, „das liegt doch in Südengland. Dann bist du Engländer. Ich wünschte mein Englisch wäre nur halb so gut wie dein Deutsch."

„Wieso Deutsch? Ich spreche kein Deutsch."

Mathis verstärkte den Griff, umklammerte die Lehne des Stuhles wie ein Ertrinkender ein Stück Treibgut in der endlosen Weite des Ozeans.

„K-Kein De-Deut-Deutsch", stammelte er. Dann brach es aus ihm heraus, alle Anspannungen schienen sich gleichzeitig zu lösen. „Kein Deutsch." Hahaha...
„Kein Deutsch. Guter Witz." Hahaha...

Mathis lachte, lachte, bis ihm die Tränen die Wangen hinunterliefen. Sein Körper bebte.

„Mensch, du bist ein toller Schauspieler. Aber jetzt mal Schluss mit den Spielen." Als Mathis in das kalkweiße Gesicht von Riley sah, der ihn mit riesengroßen Augen anstarrte, verstummte er.

„Nummer KIMA7976, bitte hereintreten."

## Balve, Deutschland

Es dauerte nicht lange, von Küntrop zum Gesund-
heitscampus nach Balve zu gelangen, sofern man ein
Auto sein Eigen nannte. Nach ungefähr zehn Minuten
erreichte man den Parkplatz. Das ehemalige St. Mari-
en-Krankenhaus war aufgrund von Sparmaßnahmen
vor einigen Jahren geschlossen worden. Nach zähen
Verhandlungen wurde das Gebäude später umgewan-
delt, um die medizinische Versorgung in Balve und
Umgebung aufrechtzuerhalten. Ärzte verschiedener
Fachrichtungen, Podologen, Physiotherapeuten,
Psychologen boten dort an bestimmten Tagen ihre
fachlichen Dienste an. Einer von ihnen war Dr. Werres.

„Waren Sie schon einmal bei uns?"

„Nicht dass ich wüsste."

„Hat meine Kollegin Ihnen schon das Formular zum
Ausfüllen gegeben?"

„Nein."

Die Sprechstundenhilfe überreichte Alexander Kissler
ein Klemmbrett mit einem Fragebogen: Wer hat uns
empfohlen? Nehmen Sie Medikamente ein? Wenn ja,
welche? Warum sind Sie hier?

Alexander Kissler hatte sich in eine Ecke des Warte-
zimmers zurückgezogen und bearbeitete jede der Fragen mit größter Sorgfalt. Sein Sitzplatz war ein strate-
gisch guter Ausgangspunkt, um unauffällig den einen
oder anderen Blick auf die anderen Patienten im Wartezimmer zu ergattern. Der Anblick war ernüchternd.
Kein Irrer, der liebevoll ein Plastikentchen streichelte
oder mit imaginären Gestalten sprach.

„Frau Mäschugge, bitte!", rief in diesem Moment die Dame an der Anmeldung. Alexander konnte sich ein kurzes Auflachen nicht verkneifen und beobachtete dabei verstohlen die Frau im eng geschnittenen Kostüm, die dem Aufruf folgte.

„Schön, dass Sie sich amüsieren", zischte sie und verließ hocherhobenen Hauptes den Raum. Alexander Kissler räusperte sich verlegen und widmete sich wieder den Unterlagen. Er konnte förmlich spüren, wie der eine oder andere Blick der wartenden Personen ihn mit Verachtung strafte. Er hatte gleich gewusst, dass es reine Zeitverschwendung sein würde, dem Drängen seines Chefs nachzugeben und diesen Psychologenheini aufzusuchen. „Mein lieber Herr Kissler, ich dachte, ich unterstütze Sie in dieser schwierigen Zeit und habe mir erlaubt, Ihnen einen Termin bei Dr. Werres zu machen."

Seine Frau Julia hatte ihn dazu ermutigt, das Angebot anzunehmen, da es ihrer Ansicht nach sinnvoll war, sich mit jemand Professionellem auszutauschen. Sein Einwand, er brauche keinen Experten, da er doch mit ihr über alles sprechen könne, hatte sie sichtlich gefreut. Seit langem hatte er auf ihrem Gesicht wieder den Anflug eines Lächelns gesehen. Doch dieses war nur von kurzer Dauer, ein Aufflackern, bevor es erneut erlosch.

„Bitte, geh zu dem Psychologen. Mir zuliebe. Dieser Doktor genießt einen ausgezeichneten Ruf. Dort kurzfristig einen Termin zu bekommen, grenzt fast an Zauberei."

Es hatte ihm auf der Zunge gelegen, dass es wohl weniger mit Magie als mit der Tatsache zusammen-

hing, dass sein Chef und dieser Seelenklempner ab und zu mal eine Runde Golf zusammenspielten, aber er hatte geschwiegen. Zum einen, um Julia nicht zu verärgern und zum anderen... Tja, da war dieses Schuldgefühl, das immer wieder aufloderte. Er hatte ihn nicht vergessen, diesen Vorwurf, den Julia ihm an den Kopf geworfen hatte. „Wenn du nicht diesen Film geguckt hättest, dann..." Dieser Satz hatte sich eingebrannt in seinem Gedächtnis. Hätte er sich früher auf die Suche nach seinem Sohn gemacht. Hätte, hätte, hätte. Alexander schaute auf die Armbanduhr. Nun wartete er bereits 50 Minuten. Fast eine Stunde! Vielleicht sollte er aufstehen und gehen. Nach dieser Pleite, die er vor kurzem erlebt hatte, war seine Erwartungshaltung ohnehin auf dem Tiefpunkt angelangt. Dieser eingebildete Neurochirurg, der nur theoretisches Wissen weitergeben konnte und nun saß er in diesem Raum, um wieder einer Spezies dieser Gattung gegenüberzutreten. Er blickte ein zweites Mal auf das Ziffernblatt seiner Uhr. Weitere fünf Minuten waren verstrichen. Der Sekundenzeiger schien sich quälend langsam zu bewegen.
„Herr Alexander Kissler, bitte."
Alexander schreckte auf, das Klemmbrett polterte auf den Fliesenboden, ebenso wie der Kugelschreiber, der in zwei Teile zerbrach.

## WEDER dort noch hier

„KIMA7976! Bitte hereintreten."

„Jetzt klärt sich alles auf", sagte Mathis. Doch Riley konnte am Tonfall der Stimme erkennen, dass es mehr eine Hoffnung als eine Feststellung war.

„Wahrscheinlich", antwortete er. Zu mehr Worten war er nicht fähig. Das ganze Geschehen war so skurril, so verrückt. Die Tatsache, dass er nicht träumte ließ nur den Schluss zu, dass er dies tatsächlich erlebte. Aber das konnte doch alles nicht sein, oder? Sein Verstand rebellierte. Es war unmöglich, verschiedene Bilder in einem Rahmen zu erkennen und noch unwahrscheinlicher war es, eine Sprache fließend zu sprechen, die er niemals gelernt hatte. Aber wenn er sich das alles nicht einbildete dann konnte es sich nur um einen Scherz handeln. Das war die einzige plausible Erklärung. Allerdings wer würde solch einen Aufwand betreiben?

„KIMA7976! Bitte hereintreten."

„W-Wir sollten uns auf den Weg machen", stotterte Mathis.

„Tja, aber wohin?", fragte Riley und schaute nach links und rechts. In beiden Richtungen schlängelte sich der endlose, lange Korridor, ähnlich einer Wüste, die sich am Horizont erstreckt und niemals zu enden scheint.

„Sieh auf den Boden!"

Ohne lange zu überlegen, folgte Riley diesem Hinweis.

„Unfassbar", stammelte er.

„Nun, das ist keine Zauberei, sondern eine einfache

Lampenkonstruktion", stellte Mathis fest.

„Ja, du hast recht", erwiderte Riley. Es war Balsam für seine Seele, dass es auch Dinge gab, die sich im Bereich des Erklärbaren befanden. Blinkende, kleine Pfeile gehörten nicht zu den paranormalen Phänomenen. Riley war fast ein wenig enttäuscht.

„Jetzt werden wir denen mal gehörig die Meinung sagen, uns so zu verarschen", sagte Mathis und folgte den Wegweisern. Riley zögerte den Hauch eines Augenblicks, bevor er die Verfolgung aufnahm.

„Bin gespannt wo die verflixte Tür ist? Habe mich eben gezielt auf die Suche begeben, aber nichts gefunden."

„Ja, ja... Nun, gleich wissen wir mehr", antwortete Riley. Langsam aber sicher kehrte das Selbstvertrauen wieder zurück. Es gab für alles eine vernünftige Erklärung und es würde auch eine für ihre Situation geben. Das letzte, an das er sich erinnern konnte, war das Saufgelage mit seinen Kumpels und dann... Hm, wollte er nicht nach Hause... War er nicht im Auto?

„Ach, ist es soweit. Viel Glück", säuselte ihnen jemand zu, der auf einem der bunten Stühle saß und wirkte, als wartete er auf die nächste Straßenbahn.

„Beachte die nicht!", mahnte Mathis, den Blick auf den Fußboden gerichtet, „die sind allesamt aus dem Irrenhaus ausgebrochen."

„Oh, auf dem Weg zu Ihm?"

„Wer oder was ist Ihm?", fragte Riley, blieb stehen und musterte unauffällig die Dame, die diese Frage gestellt hatte. Wie die meisten, die er bisher gesehen hatte, frönte auch diese Lady dem eigenartigen Krankenhauskittelstil. Trotzdem wirkte sie nett und zuvorkommend, sie erinnerte Riley an seine Mutter.

„Ihr werdet es gleich herausfinden. Doch eines kann ich euch als Ratschlag mit auf die Reise geben. Wartet nicht zu lange mit eurer Entscheidung."

Riley hätte gern noch weitere Fragen gestellt, doch bevor er dazu kam, verschwand die Dame vor seinen Augen. Wurde blasser und blasser und murmelte ein: „Es ist soweit", bevor sie sich vollkommnen auflöste wie ein Regenbogen am Firmament. Riley stand einfach nur da, unfähig sich zu artikulieren, nicht in der Lage einen Fuß vor den anderen zu setzen. Als ihn etwas an der Schulter packte, zuckte er zusammen.

„Nein, nein!!", rief er; fass mich nicht an!" „Geh weg!"

„Hey, beruhige dich. Was ist denn los? Siehst aus als hättest du einen Geist gesehen?"

Riley benötigte einige Sekunden, um das Gesicht von Mathis zu erkennen.

„Hast du das auch gesehen? Die Frau hat sich in Luft aufgelöst. Einfach so. Weg war sie", prasselte es aus ihm heraus. Die Augen vor Angst und Entsetzen geweitet, starrte er sein Gegenüber an.

„Je eher wir in diesem Zimmer sind, desto früher klärt sich alles auf."

Riley nickte. Ja, auch er wollte glauben, dass sich alles in Wohlgefallen auflösen würde, das war eine wunderschöne Vorstellung. Doch da war dieses ungute Gefühl, das sich in seinem Körper ausbreitete wie ein bösartiges Geschwür.

„Ich bin froh, dass wir zusammen dorthin gehen können."

Mathis nickte zustimmend. Schweigend setzten sie

ihren Weg fort, bis sie auf eine riesige Tür stießen. Breit genug, dass vier Personen den Raum gleichzeitig betreten konnten. Über dem Portal war ein Display zu erkennen, das mit überdimensionalen Buchstaben und Zahlen ihre Nummer widerspiegelte. Beide verharrten vor dem gigantischen Eingang, verglichen die Nummern akribisch, als würde der geringste Fehler in der Kombination sie das Leben kosten. Die Tür strahlte hell und wetteiferte mit dem gleißenden Licht der Wände um die Gunst des Betrachters.

„Es ist unsere Nummer", sagte Riley und blickte Mathis an, „und nun?"

Mathis zuckte mit den Schultern.

„Keine Ahnung, das Ding hat keine Klinke."

Als Mathis zögerlich die Hand Richtung Tür ausstreckte, schwang sie auf. Lautlos, nicht das geringste Geräusch war zu hören. Das Licht, das sich offenbarte, war von solcher Intensität, dass sie sich die Kladden vor die Augen halten mussten, um diese vor dem grellen Schein zu schützen. Es war, als starrten sie in das Innere der Sonne. Im Schneckentempo überschritten sie die Türschwelle, angezogen von dem Leuchten. Sie strebten der Helligkeit entgegen wie Insekten zum Lichtkegel. Als sie sich kurz umdrehten, war die Tür verschwunden. Stattdessen befand sich dort eine Wand, schillernd bunt in den Farben des Regenbogens.

„Herzlich willkommen", ertönte eine Stimme hinter ihnen, die in Riley sofort das Bild dieses wunderschönen Mädchens heraufbeschwor. Langsam wandten sich Riley und Mathis der Stimme zu.

## Port Isaac, England

Harry bestellte das fünfte Pint. Der Alkohol benebelte seine Sinne, das Treiben um ihn herum nahm er nur noch am Rande wahr. Ab und zu klopfte ihm jemand auf die Schulter und wechselte ein paar Worte mit ihm. Er hob dann sein Glas und grinste. Dies schien eine gute Taktik zu sein, denn manchmal bekam er noch einen Schnaps ausgeschenkt. Der Nebel in seinem Gehirn wurde dichter. Gegenwart und Vergangenheit wurden eins.

„Ich glaube du hast genug, Harry."

Harry erkannte die Person vor ihm nicht mehr, es war ein verschwommenes Etwas. Nur vereinzelt drangen Wortfragmente an seine Ohren. Er hob sein Glas, prostete dem Unbekannten zu und trank. Es war Ewigkeiten her, dass er sich mehrere Pints gegönnt hatte, da seine Olivia es nicht ausstehen konnte, wenn er sich betrank. Alles wegen ihres Bruders, der an Leberzirrhose gestorben war.

„Blöder Kerl", murmelte Harry, „konnte ihn nie leiden." Das Formulieren der Worte fiel ihm schwer. Erneut hob er das Glas und genehmigte sich einen Schluck. Der Boden unter seinen Füßen schien sich zu drehen. Verdammt! Wie war er in dieses Karussell hineingeraten? Er wollte aussteigen - jetzt sofort! Mühsam richtete sich Harry auf, dann kramte er in seinen Taschen und beförderte die Geldbörse ans Tageslicht. Um nicht das Gleichgewicht zu verlieren, lehnte er an der Theke.

„Soll ich dir helfen, Harry?"

Harry verstand nur Wortfetzen, als kommunizierte

sein Gesprächspartner in einer fremden Sprache.

„Häh!", lallte er und legte etwas auf den Tresen.

„Stimmt so!", verkündete er und konzentrierte sich danach auf den Ausgang. Schon nach zwei Schritten brauchte er einen Halt, da der Fußboden schwankte, als befände er sich auf einem Schiff bei Windstärke zwölf.

„Entschuldigung", stammelte er, als er eine Jacke am Garderobenständer umklammerte, "entschuldigen Sie vielmals."

„Komm wir bringen dich zu Olivia."

„Olia! Olivia, das ist meine Frau!" Etwas schien ihn an jeder Seite zu stützen, irgendwelche bulligen Kreaturen.

„Kennt Ihr meine Frau?", fragte er die Aliens, doch sie antworteten nicht. Langsam wurde Harry nach draußen geführt. Die Kneipentür war noch nicht hinter ihm ins Schloss gefallen, da zerknüllte Wirt Charles Bolster kopfschüttelnd den Einkaufszettel, mit dem Harry Carter die Zeche bezahlt hatte.

## WEDER dort noch hier

Im Rücken die Regenbogenwand, breitete sich vor ihnen ein weißes Monstrum von Schreibtisch aus.

„Tut mir sehr leid, dass es so lange gedauert hat. Zurzeit sind wir personell ein wenig unterbesetzt. Es ist nicht einfach, geeignete Mitarbeiter zu finden. Ah, sehr schön, sehr schön. Ich sehe Sie haben beide die Unterlagen mit. Nochmals Entschuldigung für die Verspätung. Obwohl Zeit hier sowieso keine Rolle spielt."

„Ist schon ok", antworteten beide synchron, vollkommen in Bann gezogen von dem Panoramafenster, das sich hinter dieser Person befand. Die Aussicht war atemberaubend. Blühende Wiesen, auf denen farbenprächtige Schmetterlinge auf Nektarsuche gingen. Bäume mit mächtigen Baumkronen, deren Zweige sich leicht im Wind bewegten. Ein in der Ferne erkennbarer Wasserfall rundete die Idylle ab, musikalisch untermalt von leisem Vogelgezwitscher, welches das Büro erfüllte.

„Das sieht aus wie das Paradies", sagte Mathis seufzend, die Augen strahlten voller Bewunderung.

„Ja, ja. Dieses lauschige Plätzchen ist nach Recherchen entstanden. Diese Vorstellung deckt sich mit der Mehrzahl der hier eintreffenden Gäste", säuselte die Sekretärin mit ihrer lieblichen Stimme. Die eigenartige Antwort veranlasste Mathis seine Konzentration auf die Sekretärin zu lenken. Nur um sicher zu gehen, ob sich seine Imagination, was ihr Aussehen anbelangte, bewahrheiten würde. „Oh", murmelte er und wechselte einen schnellen Blick mit Riley, bevor er sich wieder der Dame zuwandte. Die „Lautsprecher-dame" war dunkelhäutig, ihr Gesicht eingerahmt von lockigen Haaren, die ihr bis auf die Schultern fielen. Im Gegensatz zu allen anderen schien sie ihren Klei-dungsgeschmack bewahrt zu haben, denn ihr Oberteil leuchtete rot. Da der Rest ihres Körpers vom wuchti-gen Schreibtisch verdeckt war, konnte Mathis nicht erkennen, ob es sich um eine Bluse oder um ein Kleid handelte. Alles in allem bot diese Dame solch einen bizarren Kontrast hinter dem hellen Schreibtisch, dass Mathis sie einfach nur sprachlos anstarren konnte. Da er auch von Riley keinen Kommentar hörte, vermutete Mathis, dass dieser ähnliche Gefühle hegte.

„Herzlich willkommen. Mein Name ist Ariona Okoro. Bitte legen Sie Ihre Unterlagen auf den Tisch und setzen sich." „Wir?", stammelte Mathis. Sein Blick klebte immer noch an dieser Erscheinung wie eine Fliege an einer Honigfliegenfalle.

„Da sich zurzeit niemand anderes in diesem Zimmer befindet, spreche ich aller Wahrscheinlichkeit nach mit Ihnen." „Ach", brachte Mathis nur heraus, unfähig seinen Standort zu verlassen. Erst als Riley auf einem der Holzstühle Platz nahm und die Kladde auf den Schreibtisch legte, löste auch er sich aus seiner Starre und folgte dessen Beispiel.

„Wo sind wir? Was hat das alles zu bedeuten?", fragte Riley. „Das würde mich auch interessieren. Wir haben Humor, aber unserer Meinung nach hat der Spaß lan-ge genug gedauert", fügte Mathis mutig hinzu.

„Nun", sagte die Dame und neigte sich über den Schreibtisch. Mit einem gekonnten Griff zog sie die Dokumente zu sich heran. „In diesem Fall werde ich Ihnen einen Kurzbericht über ihre Situation geben."

„Kurz hört sich gut an. Dann können wir endlich nach Hause." Bereits als Mathis das Wort „Hause" ausgesprochen hatte, erfasste ihn diese Sehnsucht. Es war kein Heimweh, es war viel mehr als das. Etwas Unbeschreibliches, eine Vorahnung, dass es in seinem ganzen Körper kribbelte, als würden Tausende von Ameisen über ihn herfallen. Er sehnte sich nach diesem Kurzbericht und fürchtete ihn zugleich. Gab es überhaupt eine logische Erklärung? Das letzte an das er sich schemenhaft erinnern konnte, war dieses Scheunenfest, auf dem er das ein oder andere alkoholische Getränk zu sich genommen hatte. Bis er sich in diesem Korridor wiedergefunden hatte. Seiner persönlichen Dinge beraubt, bekleidet mit einem Nachthemd, sich ohne Schwierigkeiten mit Leuten unterhalten konnte, die seine Sprache nicht beherrschten und Bilder von Küntrop in Rahmen erblickte, die anscheinend nur er sehen konnte. Keine Ahnung, wann er das letzte Mal etwas zu essen oder zu trinken bekommen hatte. Vielleicht lag es daran. Eigentümlicherweise verspürte er weder Hunger noch Durst. Zugegeben: alles zusammen gesehen ergab keinen Sinn. Sein Verstand suggerierte ihm, dass all dies nicht mit Logik zu erklären war, doch er sträubte sich diesen absurden Gedanken weiterzuspinnen. Es musste eine vernünftige Erklärung geben, oder anders ausgedrückt, er wollte, dass es eine vernünftige Erklärung gab. Mathis hing an den Lippen der Person, die sich als Ariona Okoro vorgestellt hatte, um kein Wort ihrer Schilderung zu verpassen. Sie öffnete ihre rot geschminkten Lippen, entblößte makellose Zähne und verkündete mit ihrer wohlklingenden Stimme: „Sie befinden sich im Zwischen."

## Küntrop, Deutschland

„Wo zwischen? Verflixt noch mal! Kannst du dich nicht präziser ausdrücken?"

„Na, zwischen den Rechnungen, die bezahlt werden müssen."

Alexander wollte auf keinen Fall sein Meeting in der Firma verpassen, das für 14.30 Uhr angesetzt worden war. Fieberhaft blätterte er die Unterlagen durch, bis er endlich das kleine Blättchen in den Händen hielt.

„Donnerstag, 17 Uhr", las er laut vor und präsentierte das Zettelchen freudestrahlend seiner Frau.

„Ich verstehe nicht, warum das jetzt auf einmal so wichtig ist."

Julia trug eine Jacke und hielt die Autoschlüssel in der rechten Hand, es schien offensichtlich, dass sie im Begriff war, das Haus zu verlassen.

„Mein Chef wollte wissen, für wann ich einen neuen Termin vereinbart habe."

Julia sah in erstaunt an. „Jetzt? Aber das Psychologengespräch ist doch bereits vor zwei Wochen gewesen."

„Nenn es nicht Psychologengespräch."

„Warum nicht? Dr. Werres ist ein Psychologe und ihr hattet ein Gespräch", erwiderte Julia und klimperte mit den Schlüsseln.

„Hm", antwortete Alexander mit einem gereizten Unterton, „ willst du wieder ins Krankenhaus?"

„Nein, zu meinem Liebhaber."

Alexander musterte seine Ehefrau, doch noch bevor er etwas erwidern konnte, ergriff Julia erneut das Wort.

„Du könntest mal wieder mitkommen."

67

Die Versuchung war groß einzuwerfen: Ich soll dich zu deinem Liebhaber begleiten? Aber er verscheuchte den Gedanken, da er sich eingestehen musste, dass der Zeitpunkt mehr als unpassend war für derartige Scherze. Stattdessen blickte er seine Julia an und sagte: „Ich muss arbeiten. Einer von uns beiden muss schließlich Geld verdienen."

Das letzte Wort war noch nicht verklungen, da erreichte die Stimmung ihren Siedepunkt. Es schien heiß im Raum. Alexander lockerte die Krawatte. Er fühlte sich wie in einer Sauna, in der ein Aufguss nach dem anderen folgte. Er war sich bewusst, dass die Ablehnung, sie ins Krankenhaus zu begleiten, in ihren Augen eine Freveltat war. Doch er konnte den Anblick seines Sohnes nicht ertragen, der an Geräten angeschlossen untätig im Bett lag, ähnlich einer ausrangierten Puppe. Jeden Tag ging Julia ins Krankenhaus. Er wünschte, sie würde eine Pause machen, sah in diesem täglichen Ritual die Gefahr, dass sie nicht losließ, die Wunde immer aufs Neue aufriss. Sein Sohn, ihr Sohn war immer gegenwärtig und mit ihm diese Ungewissheit, was wäre wenn...? Fragen über Fragen, auf die keiner eine Antwort geben konnte. Auch dieser Psychologe nicht. Zugegeben Dr. Werres war ein guter Zuhörer. Ein Mensch, der Vertrauen ausstrahlte... und doch blieb er ein Mensch, unfähig die Gegebenheiten zu ändern.

„Ich gehe!", verkündete Julia und riss ihn aus seinen Gedanken. Er registrierte ihr wütendes Gesicht, die hochgezogenen Augenbrauen und murmelte ein: „Entschuldigung." Sie rümpfte die Nase, wandte sich ab und verließ das Zimmer. Die Haustür knallte ins

Schloss. Schon bald vernahm er das Motorengeräusch des Kleinwagens. Alexander schloss die Augen. Dies war einer der Momente, in denen er sich wünschte, alles wäre wieder wie früher. Doch das „früher" war Vergangenheit, eine Zeit, die man nur im Gedächtnis zum Leben erwecken kann. Um dann schmerzhaft erkennen zu müssen, dass es keine Möglichkeit gab, die Uhr zurückzudrehen. Niemals!

Alexanders Augen füllten sich mit Tränen. Schnell griff er in die Sakkotasche und fingerte nach etwas Brauchbarem, um seine Augen zu trocknen. In den Tiefen der Tasche fand er ein Taschentuch. Er zog es heraus, schnäuzte die Nase und verlor sich erneut in Tagträumen.

„Sie müssen die Realität akzeptieren", hatte Dr. Werres ihm geraten. Niemand hatte ihm gesagt, wie schwer das sein würde. Fast unmöglich! Daher hatte Alexander sich in die Arbeit gestürzt. Kümmerte sich um jedes Problem persönlich. Schuftete wie ein Irrer und häufte eine Überstunde nach der anderen an. All dies half ihm, der Realität aus dem Weg zu gehen, sie zu verdrängen. Nicht die beste Lösung, das war ihm bewusst. Doch zurzeit die einzige, die Alexander bewältigen konnte.

„Akzeptieren Sie die Realität", murmelte Alexander. „Akzeptieren! Pah! Einfacher gesagt, als getan."

## WEDER dort noch hier

„**Z**-Zw-Zwischen", stammelte Riley. Dieser Ort war ihm unbekannt. Fragend schaute er Mathis an, doch dieser zuckte nur mit den Schultern. Ein untrügliches Zeichen, dass auch ihm diese Stadt fremd zu sein schien.

„Zwischen???", wiederholte Riley und fixierte Ariona Okoro, die lächelte. Es war kein Auslachen, als vielmehr ein wissendes Lächeln, wenn dein Gegenüber dir suggeriert: Ich weiß alles, du weißt nichts! Zum Glück schien es nicht Frau Okoros Absicht zu sein, die Details für sich zu behalten. Sie lehnte sich in ihrem Stuhl zurück, verschränkte die Arme vor der imposanten Brust und begann zu erzählen: „Ich werde Ihnen etwas mitteilen, das sich anhört wie ein Märchen. Doch es ist keine erfundene Geschichte, sondern die reine Wahrheit."

„Na dann, schießen Sie mal los! Ich liebe gute Storys", warf Mathis hitzig ein. In Rileys Ohren klang es ein wenig aufgesetzt. Ein Versuch cool zu wirken, um Ängste zu überspielen. Auch er war angespannt. Fühlte sich hilflos, ähnlich einem Schlauchboot, das zum Spielball der tosenden Wellen geworden ist. Tief in seinem Innern ahnte er, dass er etwas hören würde, das seine Vorstellungskraft bei weitem überstieg. Sein Intellekt kämpfte gegen diese Empfindung an. Gesunder Menschenverstand und Intuition boten sich einen erbitterten Kampf. Riley sehnte sich nach einer Geschichte mit Happy End und wusste bereits jetzt, dass sein Wunsch nicht in Erfüllung gehen würde.

„Wir haben unsere Quote zu erfüllen", begann in

diesem Augenblick Ariona Okoro, „leider ist uns in Ihrem Fall ein bedauerlicher Fehler unterlaufen. Wie ich bereits erwähnte. Schuld daran ist unsere personelle Unterbesetzung. Na ja, also wie gesagt, Sie sind zu zweit hier. Das bedeutet: Einer ist zu viel. Sie müssen untereinander klären, wer von Ihnen zurückkehrt."

Abgesehen von dem Vogelgezwitscher war es still - totenstill. Riley und Mathis sahen sich für den Bruchteil von Sekunden fragend an.

„Entschuldigen Sie", ergriff Riley die Initiative, „wir haben immer noch nicht verstanden, wo wir sind. Warum wir hier sind. Außerdem welche Quote?"

Die dunkelhäutige Dame stöhnte laut auf: „Es ist immer das Gleiche, niemand versteht es beim ersten Mal. Also noch einmal von vorn. Sie sind hier, weil es Zeit war, einen 19jährigen abzurufen. Deshalb Ihr Unfall am 10. August. Unsere übliche Vorgehensweise sind drei Warnungen. Stimmen und meistens als letztes Mittel ein gleißendes Licht. Anscheinend wurden diese von Ihnen ignoriert. Unglücklicherweise, wie bereits erwähnt, sind Sie beide hier gelandet. Daher befinden Sie sich im „Zwischen", bis geklärt ist, wer von Ihnen auf die Erde zurückkehrt." „E-Er-Erde", wiederholten Riley und Mathis gleichzeitig.

„Erde", bestätigte Frau Okoro.

„Sie wollen damit sagen, wir sind nicht mehr auf der Erde", warf Riley ein.

„Genau, wie bereits mehrfach erwähnt, befinden Sie sich seit Ihrem Unfall im Zwischen."

„Unfall! Quatsch! Sie sind irre. Verrückt! Sie haben nicht alle Tassen im Schrank!" Mathis Stimme überschlug sich fast beim Reden.

„Beruhigen Sie sich. Beruhigen Sie sich. Ich kann Ihnen beweisen, dass alles was ich gesagt habe, der Wahrheit entspricht." Zeitgleich drückte Ariona Okoro einen Knopf, der sich farblich, für das menschliche Auge kaum erkennbar, vom strahlenden Weiß des gigantischen Schreibtisches abhob. Gebannt starrten Riley und Mathis auf die Panoramascheibe, die sich verdunkelte, als bräche die Nacht im Paradies herein. Alle Geräusche verstummten. Weder Mond noch Sterne erhellten das Schwarz. Finsternis breitete sich aus.

Riley fröstelte.

## Port Isaac, England

„Soll ich uns eine Tasse Tee zubereiten?"

„Ja, das wäre nett", antwortete Olivia und starrte weiterhin den Rahmen auf dem Kaminsims an, in dem anstelle eines Fotos ein Gänseblümchen steckte. Von der Wurzel getrennt, einiger Blütenblätter beraubt, klemmte es zwischen der Glasscheibe und dem Rahmen. Die Farben waren verblasst und doch konnte man die frühere Schönheit noch erahnen. Es war tot und doch lebendig. Olivias Augen füllten sich mit Tränen. Es war nicht die Trauer um ein Gewächs, das ihr ein fremdes Mädchen als Geschenk überreicht hatte, es war mehr die Tatsache, dass diese Blume sie an ihren Riley erinnerte. Er war diese Pflanze. Fest geschnallt in einem Bett für jedermann sichtbar. Sein Leben schien zu verblassen - unaufhaltsam. War es ihre Schuld? Hatten ihre Muttergefühle einen Weg eingeschlagen, den man als egoistisch bezeichnen würde? Wollte sie etwas festhalten, das bereits verloren war? Wie dieses Gänseblümchen, das sie in den Rahmen gesperrt hatte.

„Hier meine Liebe. Eine heiße Tasse Tee."

Olivia schreckte aus ihren Gedanken auf. Sie schaffte es ihren Harry kurz anzublicken und ein „Danke" zu murmeln. Ihr Mann nahm schweigend neben ihr Platz, eine Tasse Tee in seinen Händen. Es war still, nur unterbrochen vom dem Ticken der Uhr, die an der Wand neben dem Kamin hing. Wie schnell die Zeit vergeht, dachte Olivia. Früher war es ihr nie aufgefallen, wie unerträglich es sein konnte, dem Verrinnen der Sekunden zu lauschen. Doch früher hatten die Stimmen der Gäste und ihre gemeinsamen familiären

Treffen alles übertönt. Ja, es war ruhig geworden. Keine Gäste, keine Freunde und Familienmitglieder, die sich immer wieder meldeten, um sich nach Rileys Zustand zu erkundigen. Olivia machte ihnen keinen Vorwurf. Das Leben ging weiter, ob man wollte oder nicht. Es war ein Strudel, der alle mitriss.

„Du mein Schatz, wegen neulich. Ich wollte mich noch entschuldigen, dass ich ein paar Pints zu viel. Du weißt schon... Ich meine... Ich kann nicht sagen, was über mich gekommen ist, ich...", stammelte Harry.

Olivia schaute ihn an, bevor sie nach der Blumentasse griff, die Harry ihr auf den Tisch gestellt hatte. Sie trank mehrere Schlucke des heißen Getränks, stellte die Tasse zurück und wandte dann ihre Aufmerksamkeit ihrem Ehemann zu. „Mein lieber Harry. Ich glaube die Einsamkeit bekommt uns nicht. Abgesehen davon, dass wir es uns nicht erlauben können während der Hauptsaison weiterhin keine Gäste zu empfangen. Was meinst du?" „Du hast recht, mein Schatz. Du hast wie immer recht." Olivia erkannte an Harrys Gesichtsausdruck, dass er ihre Entscheidung mehr als begrüßte. Sie wusste, dass seine Zurückhaltung einzig und allein darauf beruhte, dass er sie durch eine überschwängliche Freude nicht verletzen wollte. Ein Lächeln huschte über ihr Gesicht. Es war dieses Gefühl der Vertrautheit und Geborgenheit, das sie bereits bei ihrer ersten Begegnung vor vielen Jahren magisch angezogen hatte. „Bist du wirklich bereit zu diesem Schritt?", fragte Harry und blickte sie sorgenvoll an.

„Haben wir eine Wahl, mein Lieber?"

„Hm", antwortete Harry und nahm einen großen Schluck aus seiner Teetasse.

## Küntrop, Deutschland

„Ich kann es noch nicht glauben. Mir fehlen die Worte, mein Glück zu beschreiben. Habe ich dich wirklich verdient?"

„JA und nun küss mich!"

Da standen sie eng umschlungen vor der grandiosen Südküste Englands. Ein wolkenloser Himmel, dessen blau mit der Farbe des Meeres konkurrierte. Klippen, auf denen Wildblumen im Überfluss den Zuschauer in Entzücken geraten ließen. Julia seufzte. Im Gegensatz zu ihrem Ehemann, der Actionfilme liebte, hatte sie eine Vorliebe für Filme, die ein Happy End beinhalteten. Friede, Freude, Liebe und Glück und all dies vor einer atemberaubenden Kulisse. Was konnte es Schöneres geben? Sie hatte ihrem Sohn Mathis erzählt, dass sie heute diesen Film schauen würde und ihn gefragt, ob er sich vorstellen könnte, nach seiner Genesung mit ihr nach Cornwall zu reisen. Er hatte nicht geantwortet. Er antwortete nie. Ihre Besuche im Krankenhaus gehörten zu ihrem täglichen Tagesablauf wie die morgendliche Kaffeepause um 9.30 Uhr, die sie sich gönnte, seit sie nach ihrer Lehre als Bürokauffrau im Unternehmen Sommer GmbH & Co. KG hängen geblieben war. Erst jetzt hatte sie bemerkt, dass die Arbeit mehr eine Routine geworden war. Etwas, das man machen musste und nicht etwas, bei dem man mit Leib und Seele dabei war. Ist es nicht eigenartig, dass erst etwas Furchtbares passieren musste, bevor man die Vergangenheit Revue passieren lässt, um eventuell zu erkennen, dass sie sich nicht mit den Träumen deckte, die sie einst gehegt hatte. Momentan hatte sie viel Zeit zum Nachdenken, obwohl sie seit kurzem wieder zur Arbeit ging. Nach den anfänglichen Fragen ihrer Kollegen nach dem Befinden von Mathis, die sie jedes Mal mit „Keine Veränderung" beschrieb, war es still geworden. Niemand fragte mehr. Auch die Anteilnahme von Familie und Freunden hatte nachgelassen. Nur selten traf sie den einen oder anderen im Krankenhaus. Anfangs war ihr Lukas, Mathis bester Freund, häufig über den Weg gelaufen. Jedes Mal wenn sie ihm begegnete, wurde dieses Gefühl unbändig, ihm Vorwürfe zu machen. Sie wusste, dass es Quatsch war. Was hätte er tun können? Hätte er den Unfall verhindern können? Hätte, Hätte, Hätte.... Dieser Gedanke war unerträglich. Es war so schwer, die Gegenwart zu akzeptieren. Auch ihr Ehemann floh vor dem Jetzt. Er hatte sich in seine Arbeit geflüchtet, verschanzte sich wie ein Kaninchen in seinem Bau vor einem Fuchs. Sie fühlte sich mies, dass sie ihm mehr als einmal Mal vorgeworfen hatte, nicht mehr mit ins Krankenhaus kommen zu wollen. Gedankenverloren starrte sie auf den Bildschirm und verfolgte den Abspann des Filmes, ohne irgendetwas bewusst wahr zu nehmen. Plötzlich riss sie sich ruckartig von dem Geschehen los und schaltete den Fernseher ab. Danach öffnete sie den Wohnzimmerschrank und holte zwei Weingläser heraus, die sie auf dem Couchtisch platzierte. Schnell eilte sie in den Keller, um eine der Flaschen zu holen, die nur für besondere Anlässe ausgeschenkt wurden. Sie benötigte nur einen Augenblick um wieder ins Wohnzimmer zu gelangen, wo sie die rote Flüssigkeit in die bereitgestellten Gläser schüttete.

„So, mein Schatz", murmelte sie und machte sich auf den Weg zum Arbeitszimmer. Dort angekommen stellte sie zur ihrer Erleichterung fest, dass die Tür nicht geschlossen war. Ein leichter Stupser mit dem Ellenbogen und schon öffneten sich die „heiligen Hallen".

Leise betrat Julia den Raum.

## WEDER dort noch hier

„Das kann doch nicht wahr sein! Das ist ungeheuerlich! Woher haben Sie diese Aufnahmen?" Die Riesenscheibe hatte sich in einen Bildschirm verwandelt. In Großaufnahme wurde jeder der Anwesenden Zeuge, wie Mathis Kissler probierte, die Wagentür zu öffnen. Mehrmalige Versuche den Schlüssel in das Loch zu stecken, scheiterten. Als es ihm endlich gelang, hielt er plötzlich inne und schaute in eine Richtung. Dem Zuschauer blieb verborgen, was er dort erblickte. Er lallte: „Bescheuerte Kuh!" und ruckelte an der Autotür, die plötzlich aufschwang. Als Mathis in dem Wagen saß, fror das Bild ein.

„Woher haben Sie die Aufnahmen?", fragte Mathis, sprang von dem Stuhl auf und lehnte sich über den Schreibtisch. „Woher haben Sie die Aufnahmen?", er betonte Silbe für Silbe, als wollte er ausschließen, dass sein Gegenüber die Frage missverstehen konnte.

„Du warst ganz schön voll", kommentierte Riley den soeben gesehenen Ausschnitt. „Wer ist die bescheuerte Kuh?"

Mathis vernahm Rileys Worte, doch er reagierte nicht. Seine volle Konzentration wurde Frau Ariona Okoro zuteil, die er fixierte wie eine Katze, die vor dem Mauseloch auf ihr vermeintliches Mahl lauert. Doch Frau Okoro blieb unbeeindruckt und antwortete mit sachlicher Stimme: „Diese Aufnahmen werden bei uns unter der Nummer KIMA7976 geführt. Ich möchte Sie warnen, die Fortsetzung derselbigen wird Sie erschüttern. Vielleicht sollten Sie wieder Platz nehmen."

„Ich will mich nicht setzen! Ich habe keine Lust mehr auf diese versteckte Kamerashow!"

„Ich kann Ihre Aufregung verstehen, wenn Sie sich nur noch einen Augenblick gedulden könnten."

„NEIN!", brüllte Mathis. Seine Pupillen wurden zu Schlitzen, die Hände zu Fäusten geballt. Er zuckte zusammen, als ihn jemand an die Schulter packte. Wütend wandte er sich dem Störenfried zu.

„Bitte beruhige dich. Kann sich doch nur noch um wenige Minuten handeln, bis wir das Ende der Geschichte sehen und dann gehen wir nach Hause."

Mathis blickte in die braunen Augen von Riley. Den aufkommenden Impuls, ihn anzuschreien, verebbte. Stattdessen atmete er tief ein und glitt auf seinem Stuhl zurück, seine Fingen entspannten. Doch innerlich bereitete sich sein Körper auf eine rasante Achterbahnfahrt vor. Ja genau! Das war die richtige Beschreibung. Mathis lehnte sich zurück, als würde ein Sicherheitsbügel seine Bewegungsfreiheit einschränken und in den Sitz pressen und dann ging die Fahrt los. Das erste Teilstück hatte er schnell überwunden. Dieses kurze gerade Stück, bevor die Wagen den Steilhang hinaufrattern. Immer höher und höher, ohne Möglichkeit auszusteigen. Mathis war nur noch wenige Meter davon entfernt, hinabzurasen in unbekannte Tiefen. Sein Herz raste, seine Schweißporen arbeiteten auf Hochtouren, die Beine zitterten.

„Wirst schon gleich wissen was passiert ist", sagte Riley. Seine Worte gelangten an Mathis Ohren, klangen dumpf und verzerrt, als kämen sie aus einer anderen Galaxie.

„Bitte tapfer sein", säuselte Frau Ariona Okoro und

beendete das Standbild. Drei Augenpaare starrten Richtung Bildschirm und verfolgten das Geschehen gebannt. Sie wurden Zeuge wie Mathis das Fahrzeug startete, grundlos kicherte, bevor er versuchte den Kleinwagen nach Hause zu lenken. Erst langsam, beschleunigte er die Geschwindigkeit mehr und mehr. Büsche und Zweige streiften das Fahrzeug, er schwankte zwischen den beiden Fahrspuren und wurde schneller und schneller und schneller. Die Reifen quietschten. Mathis hing über dem Lenkrad, als bahne er sich den Weg durch eine Nebelwand. Er riss am Steuer, rechts und links, links und rechts, die Geschwindigkeitsanzeige „haute den Lukas" und dann passierte es. Eine der Kurven beendete die Achterbahnfahrt. Mathis schrie auf. Nein, nein, nein das konnte nicht wahr sein, oder doch? Den Mund noch geöffnet, weitere Schreie in der Kehle erstickt, unfähig sich zu artikulieren. Plötzlich flackerte der Bildschirm auf. Vorhang auf für den nächsten Film! Riley Carter, als er versuchte den Autoschlüssel in das Schlüsselloch zu stecken. Endlich hatte er es geschafft. Als er im Wagen saß, startete er den Motor. Er kicherte ohne Grund.

## Auf in die Karibik!

Gönnen wir uns eine Pause, liebe Leser. Verabschieden wir uns für einige Zeit von den Geschehnissen. Verlassen wir das „Zwischen". Verlassen wir Küntrop und Port Isaac und begeben uns auf eine Kreuzfahrt.
Ja, so ist das Leben. Während einige ums Überleben kämpfen, oder mit Schicksalsschlägen hadern, die ihr ganzes bisheriges Dasein auf den Kopf stellen, setzen sich irgendwo auf der Landkarte Menschen mit einer anderen Art von Problemen und Schwierigkeiten auseinander. Bevor wir uns damit beschäftigen, lehnen Sie sich zurück. Genießen Sie die warmen Sonnenstrahlen, die Ihre Körper wärmen, während Sie auf dem Sonnendeck relaxen. (Eincremen nicht vergessen!)
Wir befinden uns an Bord der MS Deutschland mit Kurs auf die Karibik. Schneeweiße Strände, Palmen, deren Wedel sich leicht im Wind bewegen wie eine anmutige Primaballerina. Die Idylle eingerahmt von einem azurblauen Himmel und türkisblauem Wasser. Entspannen Sie?
Dann lassen Sie uns die ein paar Zeilen vorher angesprochenen Probleme und Schwierigkeiten näher erörtern. Wer weiß? Vielleicht kommt Ihnen das eine oder andere bekannt vor.
„Liebling, schau doch bitte mal! Findest du nicht, dass dieses cremefarbene Kleid mich sehr blass macht?"
Professor Dr. Dr. Holger Jürgen Henrichs, vertieft in sein Fachjournal, murmelte: „Faszinierend", ohne seiner Angetrauten einen Blick zu schenken. Constance Ruth Henrichs, geborene von Eichenlaub,

war mit dererlei Verhalten ihres Gatten vertraut, doch das änderte nichts an der Tatsache, dass sie es hasste, abgrundtief hasste, nicht beachtet zu werden. Zum wiederholten Male drehte sie sich vor dem Kristallspiegel in ihrer Luxuskabine, während ihr Ehemann die Zeilen der Lektüre in sich hineinzusaugen schien.

Ihr dunkles mit blonden Strähnen durchzogenes, schulterlanges Haar umschmeichelte die beinahe aristokratischen Gesichtszüge.

„Ich bin die Schönste im ganzen Land", erklärte sie ihrem Spiegelbild, betrachtete ihr Gesicht und strich erneut mit den lackierten Fingernägeln über den Seidenstoff.

„Nein, zu hell. Holger! Holger, ich habe nichts zum Anziehen!"

(Ein durchaus ernst zu nehmendes Problem, das sich durch alle Bevölkerungsschichten zieht.)

„HOLGER!"

Erst jetzt wandte sich Professor Dr. Dr. Holger Jürgen Henrichs seiner Frau zu.

„Entschuldige, Liebling. Was sagtest du?"

„Ich habe nichts anzuziehen", zischte Constance wie eine Giftschlange.

„Du hast doch etwas an."

Constance bedachte ihren Göttergatten mit einem Blick, der unweigerlich zum Tode geführt hätte, wäre dies medizinisch möglich. Wutentbrannt zerrte sie stattdessen an dem Kleid und trampelte achtlos auf dem Stoff herum, als es an ihrem makellosen Körper heruntergeglitten war. Dann bückte sie sich, indem sie demonstrativ ihrem Gatten den Hintern entgegenstreckte und packte das cremefarbene Seidenkleid, ähnlich einem Raubvogel, der seine Krallen in die Beute versenkt und schmiss es auf ihr Bett, wo es sich zu den anderen Kleidungsstücken gesellte.

„Ich kann unmöglich mit diesem Fetzen am Abendessen mit Dr. Franke und dessen Frau Brigitte teilnehmen", verkündete Constance und es war mehr als offensichtlich, dass sie zu keinem Kompromiss bereit war.

„Aber meine Liebe", versuchte Prof Dr. Dr. Henrichs einzulenken, doch seine Worte verpufften ohne Wirkung.

„Du wirst wohl ohne mich zu dem à-la-carte Essen gehen müssen."

„Aber meine Teuerste, du bist doch vor unserer Reise noch in Paris gewesen, um dich für die Kreuzfahrt einzukleiden."

„Tja, du hattest mir allerdings verschwiegen, dass die Frankes uns mehrmals einladen werden. Ich ziehe auf keinen Fall jedes Mal dasselbe an. Das ist einfach indiskutabel. Abgesehen davon fühle ich mich heute unpässlich. Wird das Beste sein, wenn du mich für heute entschuldigst." Sie fasste sich an die Stirn und schloss für einen kurzen Moment die Augen. Sofort sprang ihr Ehemann von seinem Stuhl auf und eilte ihr entgegen.

„Hast du Schmerzen?"

„Nein, nein. Keine Sorge. Du weißt doch, dass ich diese Symptome von Zeit zu Zeit auf unseren Kreuzfahrten habe. Es besteht kein Anlass zur Besorgnis." Um ihre Aussage zu unterstreichen, schenkte sie ihrem Gatten ein filmreifes Lächeln und berührte mit ihren Fingern sanft sein Gesicht. Nur mit Unterwäsche bekleidet, schmiegte sie sich an ihn und nahm mit Freuden seine Erregung zur Kenntnis.

„Grüße die beiden recht herzlich von mir. Du wirst schon sehen, nach ein paar Stunden ungestörter Ruhe stehe ich dir wieder zur Verfügung. Meinst du, wir können morgen während unseres Landgangs ein paar Kleider besorgen, damit ich für die nächsten Einladungen vorbereitet bin?"

„Aber natürlich. Das ist eine gute Idee", verkündete Professor Dr. Dr. Holger Jürgen Henrichs und streichelte zärtlich den Rücken seiner Angetrauten. Constance drehte sich zu ihm um, hauchte einen Kuss auf seine Wange, bevor sie sich auf den Weg zu ihrem Bett machte. Dort angekommen beförderte sie den Stapel Kleider auf den Boden und ließ sich theatralisch auf das Bettlaken gleiten.

„Bis später", säuselte sie und schloss die Augen.

„Soll ich nicht lieber hierbleiben?"

Wie eine Kobra beim Angriff schnellte sie hoch, um gleich wieder stöhnend auf das Bett zu sinken.

„Ah, da ist sie wieder, diese Kreuzfahrtunpässlichkeit. Mein Schatz, es wäre mir recht, du würdest mir absolute Ruhe gönnen. Bitte geh jetzt."

Professor Dr. Dr. Holger Jürgen Henrichs zögerte einen Moment, bevor er sich schließlich vom Blick seiner Ehefrau abwandte und die Kabine verließ. Constance war sich bewusst, dass ihre Kreuzfahrtkrankheit ihren Göttergatten schwer belastete. Ein Neurochirurg, ober besser der Neurochirurg, eine Koryphäe auf seinem Gebiet, dessen Ehefrau von Zeit zu Zeit unter einem Unwohlsein litt, deren Ursache er nicht finden konnte, war eine bittere Pille. Der wunderbare Nebeneffekt dieses "Übels" war, dass ihr Mann sie bewunderte für ihre Aufopferung, ihn trotz aller Unannehmlichkeiten auf den Schifffahrten zu begleiten, und er war ihr mehr als dankbar, dass sie ihre "Erkrankung" noch nie gegenüber jemand anderem erwähnt hatte. Schließlich hatte ihr Mann, das Genie, einen Ruf zu verlieren.

„Ich bin eigentlich das Genie", murmelte sie und rekelte sich auf der mit Rosenblüten bedruckten Bettwäsche. Dann griff sie nach ihrem Mobiltelefon, das auf der Kommode neben dem Bett lag. Kichernd wie ein pubertierender Teenager begann sie mit den rot lackierten Fingernägeln eine Telefonnummer einzutippen. Dieses Mal hieß ihr Heilmittel für ihre "Beschwerden" Alfonso Rodrigues Martinez, Deck sieben.

## WEDER dort noch hier

„Ich kann es nicht glauben. Ich will es nicht glauben", stammelte Mathis und starrte immer noch auf den Bildschirm, der sich vor seinen Augen wieder in die Fensterscheibe verwandelt hatte. Schon nach wenigen Augenblicken war das Paradies zurückgekehrt. Vogelgezwitscher, Blumen, die sich leicht im Wind bewegten, Schmetterlinge auf der Suche nach Nektar - das pulsierende Leben.

„Wir sind tot", stellte Mathis fest und betrachtete seinen Körper als suchte er eine Verletzung, die diese Aussage bekräftigte.

„Ist das der Himmel?", fragte Riley. Mathis sah ihn an und erschrak. Riley schien jegliche Farbpigmente verloren zu haben. Er war leichenblass. Für einen Bruchteil von Sekunden schien es Mathis, als könne er sogar jede einzelne Ader unter Rileys Haut erkennen. Mathis stutzte. „Leichenblass", murmelte er. War er auch so farblos? Vielleicht waren sie die ganze Zeit kreideweiß gewesen, ohne dass es ihnen aufgefallen war. Schließlich waren sie tot, verunglückt, oder was auch immer. Wie hatte man auszusehen, wenn man in den Himmel kam? Oder war das nicht der Himmel? Verflixt noch einmal, warum konnte diese Person nicht antworten? Sie schien es zu genießen, sie hinzuhalten. Als verfolgte sie einen teuflischen Plan. Moment mal! War sie der Teufel? Nein, das konnte nicht sein. Oder doch? Mathis war unfähig einen klaren Gedanken zu fassen. Nicht weiter verwunderlich, wenn man mit derartigen Dingen konfrontiert wird. Geschehnisse, an die Mathis noch nie einen Gedanken verschwendet hatte.

„Ist das nun der Himmel?", fragte Mathis, um die unbeantwortete Frage erneut aufzugreifen.

„Wie stellen Sie sich den Himmel vor?"

Mathis hasste es, wenn Leute eine Frage mit einer Gegenfrage beantworteten.

„Soll das ein Psychotest sein?", warf er ein. Es war dieses kleine Fünkchen Hoffnung, das immer mal wieder aufkeimte. Es war ein Pfad, mittlerweile vom Sand verschüttet, ein Weg, der aus dieser Misere führte, ein letzter Strohhalm, den zu ergreifen er niemals müde wurde. Er hoffte die Antwort zu hören: „Jawohl, ein Scherz. Natürlich ein Test für unsere Forschung", obwohl er wusste, dass all sein Hoffen vergebens war. Sein Verstand rebellierte, denn die Wahrheit schien unbegreiflich, befand sich außerhalb seiner menschlichen Vorstellungskraft. Er hatte sich immer gesträubt, etwas zu glauben, das nicht zu beweisen war. Nun war sein Weltbild ein Trümmerhaufen, alles war aus den Fugen geraten.

„Das ganze Leben ist ein Test", philosophierte diese Teufelin und entblößte ihre Vorzeigezähne. Mathis zuckte zusammen und betrachtete sein Gegenüber. Sie konnte nur die Leibhaftige sein.

„Ich will nicht in die Hölle. Nun gut, ich gebe es zu. Ich bin oder war kein regelmäßiger Kirchgänger, aber ich habe nichts Schlimmes verbrochen."

„Du schlägst also vor, dass du derjenige sein solltest, der zurückkehren darf?", fragte der weibliche Dämon und fixierte ihn mit ihrem Blick.

„Einen Augenblick mal", mischte sich Riley in das Gespräch ein, „ich wüsste nicht, was ich Schlimmes gemacht haben sollte. Außerdem muss ich zurück, meine Eltern werden vor Sorge krank werden. Ich bin ihr einziges Kind."

„Ich bin auch ein Einzelkind", sagte Mathis. „Meine Eltern werden den Verlust nicht überwinden können. Insbesondere meine Mutter ist sehr labil. Ich verspreche auch, mich zu bessern, wenn Sie das bitte zu ihren Akten nehmen könnten."

„Halt! Stopp, nicht so schnell! Ich...", wetterte Riley und verstummte plötzlich, als habe ihm jemand die Stimmbänder durchtrennt. Er bewegte seinen Kiefer, doch kein Wort entrann seiner Kehle. Voller Triumph wollte Mathis die Gelegenheit nutzen, ein weiteres Plädoyer für seinen Erdenrückgang zu halten, aber auch ihm war es nicht möglich sich zu artikulieren. Zur Stummheit verbannt, sahen sich beide mit vor Schreck geweiteten Pupillen an. Mathis schaffte es nicht lange, Rileys Blicken standzuhalten. Er fühlte sich hin- und hergerissen zwischen Schuldgefühlen und Selbsterhaltungstrieb. Anfangs war er hoch erfreut gewesen, die Bekanntschaft von Riley gemacht zu haben. Welch eine Wohltat zu wissen, dass man nicht alles allein meistern muss. Doch nun entpuppte sich der vermeintliche Segen als Ballast. Hatte er das Recht Riley zu opfern? Er wollte zurück. Das Leben lag doch noch vor ihm. Was kümmerte ihn das Wohl einer Zufallsbekanntschaft.

„Entschuldigen Sie, meine Herren, dass ich zu drastischen Mitteln greifen musste. Ich möchte Ihnen noch einmal in aller Sachlichkeit Ihre Ausgangslage erläutern, ohne ständig unterbrochen zu werden. Wegen eines bedauerlichen, nennen wir es ‚Vorfalls', wurden

Sie irrtümlicherweise beide abberufen. Sie landeten daher im „Zwischen", damit geklärt werden kann, wer von Ihnen, welche Reise antritt. Ich akzeptiere Ihre Unschlüssigkeit, doch Sie sollten Ihre Entscheidung nicht zu lange hinauszögern. Auf Erden liegen Sie im sogenannten Koma. Je länger Sie dort verweilen, desto schwieriger wird es für Sie ins normale Leben zurückzukehren. Ich hoffe, Ihre Frage von vorhin ist damit beantwortet. Sie sind nicht tot, sondern Sie befinden sich im „Zwischen". Sollten Sie mehr Beratungsbedarf benötigen, verweise ich Sie sehr gern an „Ihn" weiter. Was meinen Sie?"

„Ich weiß nicht", stammelte Mathis und erschrak über den Klang seiner eigenen Stimme. Die Erleichterung, dass er wieder kommunizieren konnte, wich der Ernüchterung, dass er nicht wusste, was er sagen sollte. Es war schwer genug, das in seinem Gehirn zu verarbeiten, was er soeben an Informationen erhalten hatte. Wie sollte er eine Entscheidung treffen?

„Wie ist es im Himmel?", fragte Riley und riss Mathis aus seinen Gedanken. Hatte sich Riley etwa entschlossen, nicht zur Erde zurückzukehren? Für einen Bruchteil von Sekunden flammte ein Freudenfunken in Mathis auf. Hatte er soviel Glück verdient? Obwohl, brauchte er, Mathis, einen Märtyrer, der sich für ihn opferte? Oder war es überhaupt kein Opfer? War der Himmel das Paradies? Ein Garten Eden, wo alle harmonisch miteinander lebten. Ein Ort, wo er alte Bekannte und Verwandte wieder treffen würde? Ein Platz ohne Leistungsdruck, Hass, Neid und Gier?

„Ja", warf Mathis ein, „wie lebt es sich im Himmel? Das würde mich auch interessieren."

## Liebe Leser!

Ich bitte vielmals um Entschuldigung. Dieser rasante Szenenwechsel von der Karibik-Kreuzfahrt ins „Zwischen" - ohne Vorankündigung.

Eben noch die Aussicht, die schneeweißen Sandstrände zu erkunden, mit den Füßen durch das türkisblaue Wasser zu waten, um danach in einer idyllischen Lagune ein schattiges Plätzchen aufzusuchen. Der blaue Himmel, von keiner Wolke durchzogen erstreckt sich über unseren Köpfen. Palmenwedel wiegen sich leicht im Wind, während wir mit geschlossenen Augen dem Lied der Wellen lauschen. Alfonso Rodrigues Martinez oder Constance (je nach Geschmack) massieren uns den Rücken.

Ist das das Paradies?

Nun, wie dem auch sei. Wir müssen uns abwenden, werden herausgerissen aus dieser wunderschönen Vorstellung dort zu verweilen und wenden uns anderen Dingen zu.

Folgen Sie mir bitte.

## Küntrop, Deutschland

Alexander Kissler war so vertieft in sein Tun, dass er nicht bemerkte, dass seine Frau den Raum betreten hatte. Eifrig kritzelte er etwas auf ein paar Blätter, um dann wieder wie gefesselt auf den Monitor des Laptops zu starren.

„Hm", murmelte er, „hm, auch nicht schlecht." Als wie aus dem Nichts ein gut gefülltes Weinglas an seiner rechten Seite auftauchte, zuckte er zusammen und hätte dadurch beinahe den roten Inhalt über die Tastatur geschüttet.

„Was zum Teufel!", rief er und wandte sich um. Seine Wut verpuffte schlagartig, als er sich seiner Ehefrau Julia gegenüber sah.

„Ach du", räusperte er sich verlegen und griff mit der rechten Hand nach dem Rotweinglas. „Danke", fügte er noch schnell hinzu, bevor er sich einen Schluck gönnte. Er war verwirrt, dass seine Gattin ihn in seinem Büro aufsuchte. Ein Raum, den sie eigentlich bisher gemieden hatte. War es ein gutes Zeichen, dass sie gekommen war? Hastig nahm er einen weiteren Schluck, um eine Konversation hinauszuzögern, während er mit der linken Hand den Laptop zuklappte.

„Störe ich dich bei irgendetwas?", fragte sie skeptisch, in ihrer Hand das Rotweinglas, von dessen Inhalt sie noch nichts getrunken hatte. „Hast du etwas zu verheimlichen?"

„Nein! Nein, Nein", versicherte er und nippte erneut an dem dunkelroten Getränk. „Lecker."

Julia verzog die Mundwinkel zu einem leichten Lächeln. „Das ist doch der gute Tropfen, den wir nach der Weinprobe gekauft haben. Erinnerst du dich?"

Alexander nickte. Und wie er sich erinnerte. Letztes Jahr hatten sie ein Wochenende mit zwei befreundeten Ehepaaren an der Mosel in Cochem verbracht. Damals war die Welt noch in Ordnung gewesen. Wer hätte gedacht, dass noch nicht einmal ein Jahr später alles so anders sein würde. Alexander seufzte.

„Was ist?", fragte Julia und blickte ihn sorgenvoll an.

„Ach nichts. Schön, dass du da bist. Möchtest du dich nicht setzen?"

Der Raum war sehr klein. Regale an den Wänden, ein Schreibtisch und zwei Drehstühle gehörten zur Einrichtung von Alexanders Domizil. Da Alexander von Zeit zu Zeit Unterlagen der Firma von zu Hause aus bearbeitete, hatte er sich dieses kleine Zimmer als Rückzugsmöglichkeit für seine Arbeit eingerichtet, die natürlich auch beinhaltete, dass er sich hin und wieder mit Actioncomputerspielen die Zeit vertrieb. Eine Leidenschaft, der Julia nichts abgewinnen konnte, die seinem Sohn Mathis aber stets viel Freude bereitet hatte. Julia nahm derweil auf einem der Stühle Platz.

„Ich wollte mich entschuldigen. Ich..."

„Ist schon gut", sagte Alexander, stellte das Weinglas auf den Schreibtisch und strich dann zärtlich eine Strähne ihres Haares aus ihrem Gesicht, erleichtert, dass sie offensichtlich nicht hier war, um ihm Vorwürfe zu machen. Vielleicht war es genau der richtige Moment ihr von der Idee zu erzählen.

„Es ist für uns beide eine furchtbare Situation", stammelte Alexander, „und, und..., nun ja" „Wir müssen die Realität akzeptieren." Dr. Werres wäre stolz auf mich, dachte Alexander verbittert, griff nach dem Glas und leerte es in einem Zug. Er spürte Julias Blicke auf sich ruhen. Es lag etwas in der Luft, irgendetwas Beruhigendes. Es schien wie ein Pflaster, das eine klaffende Wunde bedeckt, um die Blutung zu unterdrücken. Oder war es eher ein Waffenstillstand, der auf unbestimmte Zeit, den Krieg unterbrach? Vielleicht lag es aber auch daran, dass der Alkohol bereits seine Sinne benebelte? Alexander räusperte sich. Sein Gehirn schien sämtliche Wörter auf ihre Verwendbarkeit zu überprüfen.

„Wolltest du mir nicht etwas mitteilen?", fragte Julia. Er musste diese Gelegenheit nutzen. Verdammt noch mal! Worauf wartete er? Schließlich war es doch ein super Einfall seines Chefs, oder nicht? Es würde seine Julia für ein paar Tage davon abhalten, ins Krankenhaus zu gehen. Sie brauchte eine Pause und auch er benötigte diese Unterbrechung. Alexander rutschte auf seinem Stuhl unruhig hin- und her, dann stellte er das Glas zur Seite und klappte ohne Erklärung den Laptop auf.

„Was ist nun?", wollte Julia wissen. Alexander entging keineswegs die Ungeduld, die in den drei Worten mitschwang. Abzuwarten hatte noch nie zu ihren Stärken gehört, dachte Alexander und murmelte ein: "Nur ein paar Sekunden." Er bediente die Tastatur mit flinken Fingern. Klickte hier und tippte dort etwas ein, bis er schließlich ausrief: „Voilà, bitte schön!"

Julia blickte auf den Bildschirm und Alexander erkannte an ihrem Gesichtsausdruck, dass ihm die Überraschung gelungen war.

„Das ist toll! Großartig!"

Fotos von Cornwalls Küste erschienen auf dem Monitor. Atemberaubende Klippen, Strände, Cottages, Villen.

„Oh, ist das nicht das Anwesen, wo der letzte Fernsehfilm gedreht wurde, den ich eben gesehen habe!", rief Julia voller Entzückung aus.

„Was hältst du davon, wenn wir nach Cornwall reisen? Du wolltest doch immer schon dort hin. Und nun... ich meine... es würde uns helfen, auf andere Gedanken zu kommen", prasselte es aus Alexander heraus.

Nun war es gesagt! Er strahlte, wartete auf die Worte, die er vor nicht all zu langer Zeit am Computer gehört hatte, als er die letzten Minuten dieses Films verfolgt hatte. Furchtbar kitschig, und doch hoffte er diese Sätze jetzt zu hören: Ich kann es nicht fassen. Bin unfähig mein Glück zu beschreiben. Habe ich das verdient? Küss mich! So ähnlich hatten die Worte der Szene geklungen. Erwartungsvoll wie ein junger Hund, der nach dem Pfötchen geben eine Belohnung erwartet, blickte Alexander seine Julia an. Sag es! Sag es! Sag es, dachte er, doch sie starrte ihn nur wortlos an.

„Freust du dich nicht?"

„Doch, doch", stammelte sie, „das ist toll." „Ich weiß gar nicht, was ich sagen soll. Gerade heute habe ich Mathis gefragt, ob er mit mir dorthin reisen will. Du wolltest ja nie nach England. Aber jetzt wo du deine Meinung geändert hast, können wir drei natürlich zusammen reisen. Ich werde Mathis gleich morgen davon berichten."

## Port Isaac, England

„Loslassen kann unerträglich sein. Wenn die Zeit gekommen ist, musst du bereit sein, Abschied zu nehmen. Doch hierfür benötigst du alle deine Kräfte und deinen Mut, um alles hinter dir zu lassen. Blicke nie zurück, damit deine Entschlossenheit nicht ins Wanken gerät und dann..."

„Und dann", sagte Harry, „solltest du auf ein weiteres Pint verzichten." „Ich glaube, du hast genug."

„Ach was", lallte sein Tischnachbar, „eins können wir noch."

„Ohne mich", erwiderte Harry, „muss morgen fit sein, wenn die Gäste eintreffen."

„Gute Entscheidung, gute Entscheidung mit den Gästen. Wie ich eben sagte, loslassen und weitermachen." Harry stand auf, klopfte Ed auf die Schulter und verabschiedete sich mit „Man sieht sich". Er verspürte keinen Drang Eds Gefasel weiter zuzuhören. Als er seiner Olivia verkündet hatte, er mache einen kurzen Spaziergang durch den Ort, hatte sie nur genickt. Doch sein eigentlicher Plan nur ein wenig frische Luft zu genießen, war vereitelt worden, als er auf den alten Ed J. Hunch stieß. Ed, ein bekannter Einwohner des Dorfes (viele bezeichneten ihn scherzhaft als Gründer der Gemeinde, aufgrund seines hohen Alters) und Stammgast in Charles Bolsters Kneipe war auf dem Weg sich wie jeden Abend ein oder zwei oder mehrere Pints zu gönnen. Eigentlich mehr aus Fürsorge, dass Ed den Pub überhaupt erreichte, hatte sich Harry hinreißen lassen, ihn zu begleiten.

„Soll ich dich nicht lieber nach Hause bringen, Ed?",

hatte er gefragt.

„Bist du verrückt? Ist doch noch zu früh. Lass uns lieber zusammen einen trinken."

Einmal in der Kneipe „The Golden Lion" angekommen, hatte Harry der Durst auf ein anständiges Bier vom Fass überwältigt. Doch nun war es Zeit aufzubrechen.

„Was bekommst du von mir?", fragte Harry, als er den Tresen erreicht hatte.

Wirt Charles Bolster schaute ihn an, zögerte den Bruchteil eines Augenblicks und fragte dann: „Zahlst du heute in Pfund?"

„Wie bitte?"

„Ach, ist schon gut. Vergiss es! Macht drei Pfund."

Harry griff nach seiner Geldbörse, fingerte einen fünf Pfundschein heraus und legte ihn auf die Bar: „Stimmt so", dann machte er sich auf den Weg nach draußen. Der Wind war heute recht kühl für diese Jahreszeit. Er hoffte, dass sich die Wetterlage bessern würde und die wärmere Luft zurückkehrte. Touristen, die das erste Mal nach Cornwall reisten, waren oft enttäuscht, wenn Regen sie davon abhielt, die wunderschöne Küstenlandschaft zu erkunden. Fassungslos schauten sie meistens aus dem Fenster und sagten mit ernster Stimme: „In den Filmen regnet es nie." Zum Glück war eine Schlechtwetterfront oftmals schnell überstanden. Harry schlug die Arme um seinen Körper. Ihn schauderte. Es war weniger die eisige Brise, die ihm einen kalten Schauder über den Rücken jagte, sondern die Tatsache, dass er den Ort des Geschehens passierte. Immer wenn er an dieser Stelle vorbeikam, strömten hundert und mehr Gedanken gleichzeitig auf ihn ein und alle endeten mit: Was wäre wenn? Er wusste, dass es Zeitverschwendung war über Vergangenes zu grübeln, das nicht mehr zu ändern war. Was ihn aber jeden Tag mehr belastete, war die Was-wäre-wenn-er-aufwachte-Frage. Keiner konnte ihnen sagen, inwieweit Rileys Gehirn Schaden genommen hatte. Wenn er zurückkehren sollte in das Leben, was für ein „Riley" würde sie erwarten? Einer, der sich Stück für Stück ins Leben zurückkämpfte, jemand der nur ab und zu auf fremde Hilfe angewiesen war, oder jemand, der nur noch eine Hülle seines früheren Selbst wäre? Harry schlang die Arme fester um seinen Körper. Normalerweise fror er nie, doch heute war ihm kalt. Gedankenverloren blickte er auf den kleinen Abhang. Diese Kurve, die ihr ganzes Leben verändert hatte - für immer. Hatte dieser Suffkopp Ed recht? War es an der Zeit loszulassen? Wäre es sinnvoller, die Ärzte zu bitten, die medizinische Versorgung einzuschränken, oder gar die Nahrungsgabe abzustellen? Harry schloss die Augen und atmete tief ein und aus. Wie einfach wäre die Entscheidung, wenn man sagen könnte, wie hoch die Chancen auf Genesung wären. Niemand sollte leiden müssen. Er dachte an Crush. Crush, der Labradormischling, der immer an Rileys Seite gewesen war, bis er unheilbar an Krebs erkrankt war. Sie hatten ihm Medikamente eingeflößt. Alles Mögliche getan, um sein Leben zu verlängern, bis der Zeitpunkt des Abschieds gekommen war. Crushs Lebensfreude wurde von Tag zu Tag schwächer, wie eine Kerze, die heruntergebrannt war und noch ein paar Mal kurz aufglomm, bevor sie endgültig erstarb. Es war ein Tag voller Trauer, als sie den treuen

Freund auf seiner letzten Reise begleitet hatten. Sie waren dabei gewesen, als er die Spritze erhielt und er sie noch einmal mit den großen Augen anblickte, bevor die Glieder erschlafften und sein Lebenslicht für immer erlosch. Harry schniefte. Das musste an der verdammten Kälte liegen, dachte er, öffnete die Augen und eilte schnellen Schrittes nach Hause. Seine Gehirnzellen arbeiteten auf Hochtouren, versuchten fieberhaft die eine Frage zu beantworten: Wann ist der Tag gekommen, Abschied zu nehmen?

## WEDER dort noch hier

„Ich weiß es nicht", sagte Ariona Okoro. „Ich kann Ihnen nichts über den Himmel sagen." Es war unverkennbar, dass ein Hauch von Wehmut in ihrer Stimme mitschwang.

„Aber das verstehe ich nicht", stammelte Riley.

„Was gibt es denn dabei nicht zu verstehen", mischte sich Mathis wütend in das Gespräch ein, „sie will es uns nicht erzählen. Möchte uns damit abspeisen, dass es sich um geheime Informationen handelt. Top secret!" Mathis spie diese Worte regelrecht aus, wie eine Natter, die ihr Gift versprüht. Für einen Augenblick war es still, abgesehen von dem Vogelgezwitscher, das durch die gigantische Scheibe drang. Eine trügerische Idylle, die nur dem Zweck diente, die eigentliche Stimmung zu verschleiern, abzumildern - ohne Erfolg. Mathis und Riley fixierten Ariona Okoro mit dem starren Blick eines Raubtieres, das zum finalen Sprung ansetzt. Sie wollten Antworten, Antworten auf ihre Fragen - jetzt sofort! Wer konnte es ihnen verübeln? Mitgeteilt zu bekommen, dass man aus bedauerlichen Gründen aus dem Leben herausgerissen worden war und nur einer von ihnen zurückkehren durfte, war, um es auf den Punkt zu bringen, harter Tobak. Vereint mit einem Fremden, den man in der kurzen Zeit schätzen gelernt hat und über dessen Beistand man mehr als erfreut gewesen war und dem es nun galt klarzumachen, dass er unerwünscht war oder anders ausgedrückt, dass er hierbleiben sollte, um in den „Himmel" zu gehen. Allerdings war es mehr als schwierig, jemanden zu überreden etwas zu tun, das man selbst nicht beschreiben konnte. Davon ganz abgesehen, dass niemand wusste welches die bessere Wahl sein würde. Eine 50:50 Chance, mit der Option die Entscheidung hinauszögern zu dürfen, zu einem hohen Preis. Denn selbst das Resultat des Hinauszögerns war ungewiss. Beide hatten keine Ahnung, was es bedeuten würde, im Krankenhausbett aufzuwachen. Es waren diese ewig wiederkehrenden Helden- und Abenteurersagen, die uns schon immer eingeredet haben, dass es nur Einen geben kann. Allerdings war bisher immer sehr klar umrissen, wessen Leben gerettet werden musste. Eine Unterteilung in Gut und Böse macht selbst für ein Kleinkind die Entscheidung mehr als einfach. Doch nun handelte es sich um zwei neunzehnjährige Teenager, die nichts anderes verbrochen hatten, als einmal über die Stränge zu schlagen. Ein Vergehen, ein einziger Ausrutscher - das ist nicht fair, oder? Wie sollten sie sich entscheiden?

Wie würden Sie sich entscheiden?

Ariona Okoro seufzte, lehnte sich in ihrem Stuhl zurück und verschränkte die Arme vor ihrer Brust, um nur Sekunden später diese Haltung aufzugeben. Sie straffte ihren Körper und begann mit den rot lackierten Fingernägeln auf dem Schreibtisch herumzutippen, als sende sie Morsezeichen. Dabei atmete sie tief und hörbar die Luft ein und erwiderte Mathis und Rileys Blick.

„Ich kann Ihnen wirklich nicht sagen, wie es im Himmel aussieht. Um ehrlich zu sein, weiß ich noch nicht einmal, ob der sogenannte Himmel überhaupt existiert. Niemand, der sich bisher entschieden hat diesen Weg einzuschlagen, ist wiedergekommen.

Aber vielleicht sprechen Sie, wie bereits angeboten, mit „IHM". Er hätte gerade jetzt Zeit." Sie unterbrach das rhythmische Getrommel und zeigte mit ihrer rechten Hand in eine Richtung. Mathis und Riley blickten fast synchron dorthin.

„Eine Tür", sagte Mathis mit leicht zittriger Stimme, „aber wie... aber wieso."

Riley sprach aus, was Mathis nicht in Worte fassen konnte: „Diese verflixte Tür. Ich könnte schwören, dass die gerade noch nicht da war!!!"

Ohne auf Rileys und Mathis Verwirrung einzugehen, überreichte Ariona Okoro ihnen die Kladden und murmelte ein: „Danke für das Gespräch und viel Erfolg", dann wandte sie ihre Aufmerksamkeit einer Karte zu, die sie vor sich auf dem Schreibtisch ausbreitete.

„Aber", versuchte Mathis einen Einwand, doch Ariona Okoro starrte weiterhin auf das Papier. Riley versuchte es mit einem Räuspern, doch auch dieses Geräusch veranlasste Frau Okoro nicht, ihre Tätigkeit zu unterbrechen. „Danke für das Gespräch und viel Erfolg", wiederholte sie, wobei sie jeden Augenkontakt vermied. Mathis und Riley blickten sich an und zuckten mit den Schultern. Zögerlich erhoben sie sich von den Stühlen und gingen gemeinsam zu der gewaltigen Tür, die aus dem Nichts erschienen war. Noch bevor sie sich entscheiden konnten was sie tun sollten, rief eine tiefe, sonore Stimme von innen: „Herein!" und die Tür schwang auf.

Ariona Okoro unterbrach ihre Arbeit und schaute zu, wie die Tür lautlos hinter den beiden ins Schloss fiel. Traurig, beinahe dramatisch, so früh über das Ende entscheiden zu müssen, dachte Ariona und starrte auf das Blatt Papier vor sich, ohne ein Detail zu erkennen. Ihre Gedanken schweiften ab. Kehrten zurück in das Jahr, in dem das Schicksal sie hierher gerufen hatte. Wann war das gewesen? Gestern, vor einer Woche, vor einem Monat, vor einem Jahr, vor zehn Jahren oder zwanzig? Was spielte das für eine Rolle in diesem zeitlosen Teil des Universums, in dem sie sich befanden? Keine! Es gab kein Gestern und Morgen, keinen Tag und keine Nacht, es gab nur das Jetzt. Man aß und trank nicht, man vergnügte sich nicht mit Freizeitaktivitäten, man war einfach nur da, bis man sich für den nächsten Schritt entschied. Einige, unfähig eine Entscheidung zu treffen, verharrten hier. Vertrauten darauf, dass Familienangehörige und Freunde ihnen das schwere Los abnehmen würden, indem sie irgendwann die lebenswichtigen Apparaturen, mit denen ihr Körper auf Erden verbunden war, abschalten ließen. Sobald dies geschah, kehrte automatisch der andere „Mitstreiter" zurück. Es erinnerte ab und zu an einen Wettkampf, wobei man nicht wusste, welcher von den beiden „Kontrahenten" am Ende der Glücklichere sein würde. Denn es war stets ungewiss, wie viel Lebensqualität dem Rückkehrer auf Erden zuteil werden würde. Ariona Okoro erinnerte sich noch genau, als sie mit ihrer Leidensgefährtin in diesem selbigen Raum, den sie jetzt als ihr Büro betrachtete, gesessen hatte. Allerdings auf der anderen Seite des Schreibtisches.

„Sie haben die Nummer: FURT136?"

„Ja", hatten sie stammelnd geantwortet.

„Dann werde ich Ihnen erklären, warum Sie hier sind." Sie hatten, genau wie die beiden jungen Männer, die Erläuterung nicht geglaubt, oder besser ihr keinen Glauben schenken wollen. Als das Unmögliche sich als die reine Wahrheit entpuppte, entschied sich Ariona Okoro nicht zurückzukehren. Es gab für sie nichts, wozu es sich zu leben lohnte. Ihre Tätigkeit als Kellnerin war ein notwendiges Übel, um ein wenig Geld zu verdienen. Der Abschaum, der sich in dieser Spelunke herumtrieb war, um es noch positiv auszudrücken, widerwärtiges Gesindel. Ariona Okoro hatte nie auf der Sonnenseite des Lebens gestanden. Ihr einziger Lebensinhalt war Namir, ein stattlicher, gefleckter Kater mit gelben Augen. Namir wartete stets auf Ariona, hörte ihr zu und beruhigte sie mit einem sanften Schnurren. Sie waren unzertrennlich bis zu dem Tag, als Namir bei einem Autounfall ums Leben kam. Dies passierte drei Wochen bevor Ariona Okoro das Schicksal ereilte.

„Geh du zurück", hatte sie ihrer Mitstreiterin gesagt, "ich bleibe und sehe dem was mich erwartet, gelassen entgegen. Geh du zurück zu deiner Familie."

Den dankbaren Blick der Frau hatte Ariona noch heute vor Augen, die sich mit den Worten: „Ich werde dich nie vergessen", verabschiedete. Das erste Mal in ihrem Dasein hatte Ariona damals das Gefühl gehabt, etwas richtig gemacht zu haben. Stolz erhobenen Hauptes war sie zu der Tür geeilt, die man ihr zugewiesen hatte. Vor ihren Augen hatte sich die Tür aufgelöst und ein „Nichts" enthüllt. Gleißendes Licht, so

103

hell als habe man dort einen Teil der Sonne einge-
sperrt. Angst hatte sie durchflutet, Furcht, dass niemand sie begrüßen würde. Wo war Namir? War im
Himmel kein Platz für Tiere? Gab es überhaupt einen
Himmel?

„Kann ich hierbleiben?", hatte sie geflüstert. Seitdem
war sie hier. Zuständig für die Begrüßung und Unter-
richtung der Eintreffenden. Es gab keine Verständi-
gungsschwierigkeiten, da egal aus welchem Erdteil
die Leute abberufen wurden, jeder jeden verstehen
konnte. Ein Phänomen, das Ariona noch heute faszi-
nierte. Hier hatte Ariona Okoro eine Aufgabe, eine
wichtige Tätigkeit, die sie mit Sorgfalt ausübte. Nein,
sie wusste nicht wie es im sogenannten Himmel aussah, sie wusste nur eins: Sie vermisste Namir.

„NE56XT78, bitte eintreten!", rief sie und schaute zur
Tür.

Wer kennt es nicht? Dieses Bauchgefühl, dieses
Kribbeln, das einem etwas mitzuteilen versucht, ohne
konkrete Angaben zu machen. Dieses Ich-weiß-nicht-
ob-es-eine-gute-Entscheidung-war. Doch wie so oft
im Leben blieb nicht viel Zeit alles im Detail zu über-
denken. Als sich die Tür öffnete und die Stimme sie
hereinbat, verspürten sie keine Furcht. Ganz im Gegenteil. Sie drängten hinein wie die Motten zum Licht,
im Glauben in die Freiheit zu fliegen. Lautlos schloss
sich der gigantische Eingang hinter ihnen, kein Quietschen, kein Knarren, nicht das kleinste Geräusch war
zu hören. Trotzdem zuckten sie zusammen, als ob sie

gleichzeitig spürten, dass es kein Zurück gab - kein Entkommen. Das „Ich-weiß-nicht-ob-es-eine-gute-Entscheidung-war-Gefühl" gewann an Stärke.

„Wo sind wir?", fragte Riley mit leicht zitternder Stimme.

„Keine Ahnung", erwiderte Mathis bemüht seiner Antwort einen festen Klang zu verleihen, was ihm nur bedingt gelang. Dieser Raum stand im vollkommenen Kontrast zu dem Domizil, in dem sie Frau Ariona Okoro angetroffen hatten. Mathis und Rileys Augen, an die Helligkeit aus dem Vorzimmer gewöhnt, hatten große Schwierigkeiten in diesem Dämmerlicht etwas zu erkennen. Hier gab es kein Panoramafenster oder Wände in strahlendem Weiß. Nein, hier regierte das Dunkel. Es war keine Finsternis, sondern vielmehr vergleichbar mit dem Licht in einer Höhle, die mit Fackellicht ausgeleuchtet wurde. Das Flackern des Lichts bildete skurrile Schattengestalten. Um es auf einen Punkt zu bringen - Dieses Umfeld hatte etwas Gruseliges, etwas Unheimliches und versprühte trotz allem eine Faszination, der man sich nicht entziehen konnte. Nur langsam gewöhnten sich Mathis und Rileys Augen an diese Umgebung, und man brauchte kein Experte für Verhaltensfragen zu sein, um zu er-kennen, dass ihnen dieses Zimmer alles andere als behagte.

„Riley Carter und Mathis Kissler. Habe ich recht? Nehmen Sie doch bitte Platz."

Hinter einem dunklen, klobigen Schreibtisch stand ein Mann. Sein schneeweißes Haar, der dunkle maßge-schneiderte Anzug und die blauen Augen, die trotz des Dämmerlichts gut zu erkennen waren, machten ihn zu einer Persönlichkeit, die man einfach nur anstarren musste. Er verströmte eine Aura von Macht und Selbstvertrauen, die sein Erscheinungsbild wie ein Rahmen zu umgeben schien. Mit langen, schlanken Fingern wies er auf zwei Stühle, die vor dem wuchtigen Schreibtisch standen. Seine Stimme war melodisch und bestimmt. Ein Mann, der keinen Widerspruch duldete, oder besser gesagt, jemand mit dem niemand diskutieren wollte. Er war so präsent, dass er jedem anderen die Luft zum Atmen zu nehmen schien. Wortlos nahmen Riley und Mathis Platz. Zwei dressierte Hunde, die auf die weiteren Befehle ihres Herrn und Meisters warteten. Das muss dieser IHM sein, dachte Mathis. Er traute sich nicht den Gedanken laut auszusprechen. Es lag eine unerträgliche Spannung in der Luft. Der Mann lächelte sie an. Sein Antlitz war makellos und wirkte vertraut wie das eines entfernten Bekannten, den man sehr lange nicht gesehen hat, aber immer noch eine vage Erinnerung an ihn hegt. Allerdings keimte in Mathis der Verdacht auf, dass es sich in diesem Fall um einen Bekannten handelte, dem man besser nicht über den Weg läuft. Es war ein Hauch einer Ahnung, für die er keine Erklärung hatte.

„K-KK-Kennen wir uns?", stotterte Mathis und versuchte dem Blick seines Gegenübers stand zu halten. Diese Augen waren von einem Blau, das einen zu hypnotisieren schien. Es zog Mathis in ihren Bann, es war als tauche er in die Fluten des Meeres ein. Tiefer, tiefer, immer tiefer. Hinab in den Untergrund, in dem der Sauerstoff knapp wurde.

„Ich kenne jeden", antwortete der unheimliche Fremde.

„Dann sind Sie der sogenannte IHM?", fragte Riley.

„Ich habe viele Namen. Doch nun zu Ihrem Anliegen. Ich weiß Sie sind gekommen, um Antworten zu erhalten. Leider werde ich Sie, was dieses angeht, enttäuschen müssen."

„Aber", stammelte Mathis, den Blick auf den Schreibtisch gerichtet, um sich nicht wieder in den Augen zu verlieren, „man hat uns gesagt..." Mathis stockte, ihm fehlten die Worte, seiner Enttäuschung Ausdruck zu verleihen. Dieser geheimnisvolle Mann hinter dem Schreibtisch wirkte wie jemand, der alles, aber auch wirklich alles wieder ins Reine bringen konnte. Warum zum Teufel sollten sie zu diesem IHM, wenn er nicht die Kompetenz besaß, ihnen zu sagen, was sie wissen mussten? Mathis fühlte sich wie ein ungeliebtes Geschenk, ein sogenanntes Stehrümmchen, das von einem zum anderen gereicht wurde. Die ganze Situation wurde immer verworrener, und doch blieb dieser kleine Funke Hoffnung, dass es einen Ausweg aus dieser Misere gab. Mathis klammerte sich an diese Vorstellung wie ein Ertrinkender an ein Stück Treibgut. Keine Ahnung, was Riley dachte und vorhatte, aber er, Mathis Kissler, wollte um keinen Preis etwas unversucht lassen.

„Wollen Sie etwa sagen, dass Sie uns keine weiteren Informationen geben können, oder wollen Sie uns nicht weiterhelfen? Verflixt noch mal, es muss doch etwas geben, das wir machen können!", schnauzte Mathis. Er war wütend und verzweifelt und diese beiden Zutaten hatten sich vermengt zu einem explosiven Cocktail. Er sprang von seinem Stuhl auf, haute mit der Faust auf den Tisch und starrte sein Gegenüber provozierend an. Doch er konnte dem Blick nicht standhalten. Mathis Augen begannen zu tränen. Der Angesprochene sagte kein Wort.

„Es wäre wirklich nett, wenn Sie uns helfen könnten", sagte Riley.

Es ist schwer zu sagen, wie viel Zeit vergangen war, in einem Raum, in dem Zeit keine Rolle spielt. Was für den einen eine Ewigkeit, mag für einen anderen vergangen sein wie im Flug. Die Meinungen variieren und daher möchte ich nicht näher darauf eingehen, um niemanden zu verwirren. Vielleicht nur so viel: Für Riley und Mathis war diese Stille eine Folter. Ein Zeitraum, in dem sie erkannten, dass es nicht in ihrer Macht lag, irgendetwas zu ändern oder zu beeinflussen. Mathis hatte sich wieder hingesetzt. Blödsinnig zu streiten, wenn niemand sich beteiligen wollte. Er widerstand der Versuchung zumindest mit Riley ein Gespräch zu beginnen, um dieser Lautlosigkeit zu entkommen. Nein, um keinen Preis wollte er die Vertrautheit mit Riley vertiefen. Schließlich konnten sie keine Freunde sein. Je mehr er von Riley erfahren würde, desto schwerer wäre der Abschied. Nein, dies galt es zu verhindern. Blieb nur noch zu klären, wie er diesen Riley überzeugen konnte, in den sogenannten Himmel zu gehen?

Hitzkopf, dachte Riley und versuchte eine bequemere Stellung auf dem Stuhl einzunehmen. Die Spannung im Raum war greifbar wie ein Vorhang, der sich über alle Beteiligten zu legen schien. Dieser unheimliche

Fremde sagte nichts. Er saß hinter dem Schreibtisch und blickte in ihre Richtung, sein Gesicht war regungslos. Eher das Antlitz einer Puppe, als das eines Menschen. Dieser starre Blick jagte Riley einen Schauer nach dem anderen über den Rücken. Zu seinem Erstaunen war auch dieser Mathis still. Ob er das gleiche empfand? Riley hatte keine Ahnung und wenn er ehrlich war, interessierte es ihn nur beiläufig. Diese verzwickte Situation entwickelte sich immer mehr zu einem Geduldsspiel und er hoffte inbrünstig als Sieger hervorzugehen. Es gab keine Alternative. In seinen Gedanken machte er sich auf den Weg nach Hause. Er beobachtete seine Eltern, die sich im Wohnzimmer eine Tasse Tee gönnten, das Rauschen des Meeres lieferte die Musikuntermalung. Er sah seine Freunde, die auf den Klippen saßen und voller Tatendrang von den bevorstehenden Abenteuern schwärmten. Nein, er wollte nicht hierbleiben...Warum sollte er? Er hatte es nicht verdient, so früh aus dem Leben zu scheiden. Ein Leben, das gerade erst begonnen hatte. Sollte doch dieser Mathis in diesen sogenannten Himmel gehen. Verstohlen blickte er diesen von der Seite an. Nein, er durfte kein Mitleid aufkommen lassen. Mathis Kissler war kein Freund oder Vertrauter, sondern ein Kontrahent. Das war von Anfang an klar gewesen, oder nicht? Sie hätten auch im wirklichen Leben keine Freundschaft entwickeln können. Sie waren zu verschieden. Rileys Entschluss stand fest. Blieb nur zuklären, wie er es diesem Mathis begreiflich machen konnte.

## Küntrop, Deutschland

Wie sollte er ihr das begreiflich machen? Alle guten Ratschläge waren nett gemeint: Die kommt schon wieder zur Vernunft. Die Zeit heilt alle Wunden. Jeder hatte einen netten Spruch parat und Alexander war erstaunt, wie viele unterschiedliche Phrasen existierten. Doch sie alle hatten eine Eigenschaft gemeinsam. Es waren schlicht und ergreifend Redewendungen. Leere Worte, schön verpackt. Erfunden von einem hellen Geist aus längst vergangenen Zeitepochen.

„Was gibt es Neues im Krankenhaus?", fragte Alexander, als seine Frau den Hausflur betreten hatte. Julia stutzte, hängte ihre Jacke etwas umständlich an den Garderobenbügel und drehte sich langsam zu ihrem Ehemann um: „W a r u m?", fragte sie und würde es sich bei dem Wort: „Misstrauen" um etwas Greifbares handeln, etwas Reelles wie zum Beispiel ein Tier, dann hätte es Alexander in diesem Moment mit all seiner Kraft angesprungen und zu Boden geworfen. Alexander hüstelte, beinahe als hätte er den imaginären Knock-out gespürt und brachte dann ein: „Nur so, nur so. Möchtest du etwas Heißes trinken?", heraus.

Julias Miene hellte sich auf, sie nickte und folgte Alexander in die Küche. Als sie auf einem der Swingstühle Platz genommen hatte, stellte Alexander ihr eine dampfende Tasse mit frisch gekochtem Kaffee auf den Tisch. „Danke dir."

Für einige Minuten saßen sie sich schweigend gegenüber. Julia rührte Zucker in ihr Getränk, bevor sie einen großen Schwall Milch hineinschüttete.

„Ich weiß nicht, ob ich es mir nur einbilde. Aber seit ich Mathis von unserem geplanten Urlaub erzählt habe, nun ja, wie soll ich es ausdrücken? Er scheint mir wie ausgewechselt zu sein."

„Ach", sagte Alexander und genehmigte sich ebenfalls einen Schluck Kaffee. Am liebsten hätte er ihr schonungslos ins Gesicht gebrüllt: Mein Schatz, du hast dir das alles eingeredet! Und so sehr ich auch hoffe, dass unser Sohn wieder genesen wird, müssen wir den Tatsachen ins Auge sehen und mit dem Schlimmsten rechnen. Doch stattdessen fügte er seinem „Ach" ein: „Ist ja toll" hinzu.

Es war erstaunlich wie schnell sich alles verändern konnte, dachte Alexander. Das Leben schien wie ein Buch, das aus unzähligen Kapiteln besteht. Man fiebert mit, blättert gespannt Seite um Seite und ist von dem Ende der Geschichte überrumpelt. Alexander machte sich allerdings schon lange keine falschen Hoffnungen mehr, dass das finale Kapitel ihrer „Geschichte" einen Überraschungseffekt bereithalten würde. Nein, dieser eine besondere Abschnitt würde kein Happy End beinhalten. Er hatte eine für sich, wie er glaubte, gute Taktik entwickelt, das Unvermeidliche zu akzeptieren, indem er sich als eine Hauptfigur in einem Spielfilm betrachtete, für das kein Drehbuch existierte. Ob diese Art der Realitätsbewältigung Dr. Werres vorgeschwebt hatte, wagte Alexander zu bezweifeln. Die Hauptsache war doch, dass er sich wohlfühlte. Anfangs hatte er seine Julia bewundert und gedacht: Wahnsinn, wie sie die Sache meistert. Doch seine Annahme war ein Trugschluss gewesen. Seine Julia ließ einfach nicht los und klammerte sich an die Vergangenheit. Hinzu kam noch, dass all ihre Freude erloschen schien, ausgelöscht wie eine Kerze im Wind. Er, Alexander Kissler, einer der Hauptcharaktere in diesem Film, musste das Feuer wieder neu entfachen. Er war dafür zuständig, seine Gattin herauszuziehen aus diesem Sumpf, in dem sie steckte. Diesem Moor aus Verzweiflung, Hoffnung und Unfrieden. Wenn er sie nur überreden könnte, mit ihm in den Urlaub zu fahren. Einfach weg! Vielleicht könnte er sie „retten" und auf andere Gedanken bringen?

„Wäre es nicht eine gute Idee, wenn wir zwei bereits in ein paar Wochen nach Cornwall reisen würden? Du könntest Mathis dann schon einiges erzählen. Das würde seine Vorfreude bestimmt steigern."

„Ich soll unseren Sohn zurücklassen? NIEMALS!"", zischte Julia wie eine Kobra, bevor diese ihre Giftzähne in ihr Opfer versenkt.

Es war genau in diesem Moment, indem Alexander Kissler in Gedanken hoffte, der Krankenhausarzt würde anrufen, um ihnen mitzuteilen, dass der Tod gnädig gewesen war und ihren Sohn erlöst hatte. Damit Julia, seine Julia, zurück ins Leben kehrte.

## WEDER dort noch hier

„Jeder von Ihnen hat sich bereits entschieden", sagte der Weißhaarige, machte eine Notiz auf den jeweiligen Unterlagen und überreichte sie Mathis und Riley. Vollkommen überrumpelt griffen beide zu und nahmen die Formulare an sich. Mathis war der erste, der seine Fassung zurückerlangte. Diese Stille, in der sie sich befunden hatten, war so intensiv, dass es sich anfühlte, als sei man nach etlicher Zeit unter Wasser wieder an die Oberfläche zurückgekehrt. Es überkam ihn das Bedürfnis, tief einzuatmen, als müsse er seine Lungen mit frischem Sauerstoff füllen.

„Entschieden", stammelte er, „aber keiner von uns beiden hat etwas gesagt."

„Es bedarf keiner Worte, um eine Entscheidung zu treffen."

„Aber...", stotterte Mathis und stockte mitten im Satz, da er nicht wusste, wie er das was er dachte, in Worte fassen sollte. Schließlich hatte er kein Recht zu fordern, dass Riley derjenige war, der nicht zurück zur Erde kehren sollte, oder? Es war einfacher, etwas zu beschließen, wenn man den anderen nicht in seine Pläne einweihte.

„Könnten Sie uns denn einen Rat geben?" ‚warf Riley ein und Mathis nickte wohlwollend. Guter Einfall, dachte er. Diese Idee könnte von mir stammen.

„Wie ich bereits sagte. Ich kann Ihnen keine Antworten geben."

„Nur einen Ratschlag. Einen Tipp."

„Tut mir leid. Dererlei Dinge befinden sich nicht in meinem Zuständigkeitsbereich", erwiderte der geheimnisvolle Ihm und erhob sich von seinem Stuhl. Mathis fröstelte, obwohl die Temperatur in diesem Raum mehr als angenehm war. Allerdings drückte dieses gruselige Ambiente mit dem Flackerlicht ein wenig auf sein Gemüt und dieser eine Gedanke, der sich in seinem Kopf festgesetzt hatte, wie ein Blutegel auf der Haut. *" Nein, du willst nicht wissen, was dieser sonderbare Kerl für Aufgaben hat. Unterbrich die Konversation! Verlass den Raum!"*, sagte eine innere Stimme. *„Frag besser nicht!"* Alle Alarmsignale in Mathis Körper rieten zur Flucht. Gänsehaut überzog seine Haut, das Herz beschleunigte die Frequenz.

„Was sind denn Ihre Aufgaben?", fragte genau in diesem Moment Riley.

Nein, Nein, Nein, dachte Mathis, den Impuls unterdrückend sich die Ohren zuzuhalten. Doch die Neugier siegte.

„Ich führe aus."

„Aha", erwiderte Riley, "sie sind einer von diesen Handlangern, die die Arbeit für andere verrichten."

Mathis fühlte sich unwohl. Nicht dass er sich in den letzten Stunden, Tagen oder Wochen, er hatte keine Ahnung wie viel Zeit überhaupt vergangen war seit ihrem Unfall, gut gefühlt hätte. Aber nun hatte sich sein Unwohlsein gesteigert. Er durchlitt erneut eine Achterbahnfahrt der Gefühle und er wusste, er spürte, dass ihm eine rasante Fahrt bevorstand. Die Sicherheitsbügel waren geschlossen. Sie pressten ihn in den Sitz und raubten ihm fast die Fähigkeit zu atmen. Die Fahrt ging hinauf. Immer weiter und weiter. Sie erreichte schwindelerregende Höhen. Gleich würde die Abfahrt kommen.

„So kann man es nennen", sagte der Weißhaarige in diesem Augenblick und lachte. Es war ein heiteres Gelächter und doch rief es in Mathis Erinnerungen wach. Erinnerungen an einen Psychothriller, den er nie vergessen hatte. Ihn schauderte. Frag nichts mehr, bat er, bitte Riley. Doch er konnte seine Worte nicht laut aussprechen. Verdammt, war das wieder so ein mieser Trick?

„Entschuldigen Sie meine direkte Frage. Aber ich denke die ganze Zeit, dass Sie mir bekannt vorkommen", hörte Mathis Riley mutmaßen.

„Das mag der Wahrheit entsprechen."

„Wer sind Sie, wenn ich fragen darf? Würden Sie mir ihren Namen preisgeben?"

„Wie bereits erwähnt, man kennt mich unter vielen Namen", antwortete der geheimnisvolle Fremde und entblößte erneut seine tadellosen Zähne. Sein Lachen erfüllte den Raum.

Da war sie wieder. Diese Spielfilmszene wurde in Mathis Gehirn lebendig. Dieses Lachen. Da war dieser durchgeknallte Serienkiller, der sich daran ergötzte, wenn seine wahllos ausgesuchten Opfer vor ihm kauerten und um Gnade winselten. Dieses unheimliche Lachen, das ihn seitdem nicht mehr losgelassen hatte.

„Ich bin dein Tod", hatte der Irre in die Ohren der Geisel geflüstert und gelacht, gelacht, gelacht... bis er dem Spiel ein blutiges Ende bereitet hatte.

„Ich bin der Tod."

„Nein, nein, nein", faselte Mathis halb in Trance, "ich bin d e i n Tod. Der Text lautete: Ich bin dein Tod."

Schlagartig wurde ihm diese groteske Situation bewusst. Hatte er etwa laut gesprochen? Was redete er für einen Schwachsinn?

„Ha", sagte er, etwas Besseres fiel ihm so schnell nicht ein, und blickte Riley an. Mathis zuckte zusammen. Riley saß in dem Stuhl, die Augen weit aufgerissen, den Mund offen. Das letzte bisschen Farbe schien seinen Körper verlassen zu haben. Langsam, sehr langsam drehte sich Mathis um und wandte seine Aufmerksamkeit dem Herrn auf der anderen Seite des Schreibtisches zu. Es genügten ein paar Sekunden, länger war er nicht imstande den Blick zu ertragen. Mathis schloss die Augen, presste die Lider zusammen. Die Achterbahnabfahrt war schlimmer als alles andere was er bisher erlebt hatte.

*„Ich bin dein Tod"*, flüsterte eine Stimme in seinem Kopf, gefolgt von einem hysterischen Lachanfall.

## Liebe Leser!

Wären wir in einem Theater, würde jetzt der Vorhang fallen. Nun, ich lasse Ihnen sehr gern die Wahl. All denen, die solche dramatischen Schlussszenen bevorzugen rate ich, an dieser Stelle nicht weiterzulesen.

Für alle anderen gilt: Verschnaufen, das Glas wieder füllen und bevor sie sich entspannt zurücklehnen vielleicht noch den menschlichen Bedürfnissen nachgehen, falls erforderlich.

Wie bitte? Sie brauchen keine Pause?

Okay, Sie haben es nicht anders gewollt!

Gehören Sie zu denen, die den hinteren Waggon in der Achterbahn bevorzugen? Oder genießen Sie lieber den Adrenalinschub in dem ersten Wagen? Den, in dem man der Gefahr ins Auge blickt. Die Bügel pressen einen in die Sitze, die Scharniere, Balken, Schrauben arbeiten auf Hochtouren. Quietschen, Knattern, Rasseln, Kreischen, bis man den höchsten Punkt der Strecke erreicht hat. Oben angekommen fragt man sich gerade noch, warum man sich überhaupt dazu entschlossen hat, einzusteigen. Doch es gibt kein Zurück. Schauen Sie hinunter. Hinab in die Tiefe. Die Achterbahnabfahrt des Lebens beginnt - ohne Rückfahrkarte.

## Küntrop, Deutschland

„**I**ch bin dein Tod."

„Das ist schon ein wenig abgefahren."

„Absoluter Blödsinn!", tönte Marco und genehmigte sich einen großen Schluck Bier, während er am Flachbildschirm verfolgte, wie dieser Killer in einen Blutrausch geriet und begleitet von irrem Gelächter seine Opfer bestialisch abschlachtete.

„Wer hat diesen Schrottfilm ausgesucht?"

„Ich war es. Sorry!", entschuldigte sich Yannik und kramte in dem Sammelsurium von DVDs auf der Suche nach etwas Brauchbarem.

„Ist alles ok bei dir?", fragte Marco und blickte Lukas an, der auf dem Stuhl hockte wie eine vergessene, ausrangierte Puppe.

„Hm, was sagtest du?"

„Wollte wissen ob du in Ordnung bist."

„Ja, ja, ja", versicherte Lukas hastig und kehrte sofort in seine eigene Gedankenwelt zurück. Am Wochenende war oftmals ein großes Treffen angesagt. Meistens trudelten alle Studienanfänger wieder in Küntrop und Neuenrade ein, um die Eltern mit einem Haufen dreckiger Wäsche zu beglücken und/oder die Finanzen aufzubessern. Studieren war nicht preiswert und für viele war es das erste Mal, dass sie fern von zu Hause allein auf sich gestellt waren. Freizeitausgaben, Unterkunft und Verpflegung miteinander zu vereinbaren forderte Geschick und Lebenserfahrung. Beide Talente waren in dem Alter noch nicht sehr ausgeprägt. Lukas studierte in der Nachbarstadt an der Fachhochschule Südwestfalen in Iserlohn. Keine fünfundzwanzig Kilometer von der Heimat entfernt und genoss daher noch alle Vorzüge, die die elterliche Bewirtung mit sich brachten. Von ihrer alten Clique hatte es sogar den ein oder anderen ins Ausland verschlagen. Viele genehmigten sich ein sogenanntes Gap-Year und reisten in der Welt herum, bevor sie sich auf ein Studium oder einen Ausbildungsplatz festlegen wollten.

„Hast du was von Nico gehört?"

„Jau, der hat es gut. Verbringt ein Jahr in Australien. Work and Travel, oder so was. Echt cool."

„Und Sebastian?", wollte Ben wissen und mampfte genüsslich eine Handvoll Chips.

„Ist der nicht in Brasilien?"

„Ne, in Argentinien", verbesserte Felix und öffnete sich eine Flasche Bier.

Lukas kauerte in seinem Stuhl und nippte von Zeit zu Zeit an seinem Getränk. Die Gespräche drangen an sein Ohr, doch er war unwillig, sich einzumischen. Er fühlte sich wie eine Requisite, die dieser Szene zugeführt worden war, um alles ein wenig realistischer zu gestalten. Eine Randfigur ohne Aufgabe. Die anderen lachten, scherzten und unterhielten sich lautstark, während der Psychopath auf der Mattscheibe immer noch sein Unwesen trieb. Diesen Film hatte Lukas vor einigen Jahren mit seinem Kumpel Mathis angeschaut. Er erinnerte sich noch genau, wie er den Film damals von seinem älteren Bruder, man könnte sagen, ausgeliehen hatte. Nachdem er und Mathis beschlossen hatten, die Altersempfehlung von achtzehn Jahren zu ignorieren. Warum sollte dieser Streifen nicht auch für vierzehnjährige geeignet sein? Sie wurden eines

Besseren belehrt. Noch heute konnte er sich daran erinnern, dass er nach Konsumierung dieses B-Movies unter Albträumen gelitten hatte. Dieses dämonische Gelächter hatte ihn nicht mehr losgelassen. Die Tatsache, dass an ihrem gemeinsamen Fernsehabend Küntrop von einem starken Gewitter heimgesucht worden war, hatte das Einschlafen nicht gerade erleichtert. Heute im Alter von neunzehn Jahren konnte ihn dieser schlecht gemachte Horrorquatsch nicht mehr schocken. Aber er war in der Lage Erinnerungen hochzuspülen. Lukas seufzte. Niemand fragte mehr nach Mathis Befinden. Sein Schicksal war keine heitere Geschichte, und da sich nach Wochen keine Besserung oder Veränderung seines Zustands eingestellt hatte, rückte das Thema in den Hintergrund oder wurde nur noch am Rande erwähnt. Eine menschliche Angewohnheit, Dinge zu verdrängen, die als unangenehm empfunden wurden. Abgesehen davon ging das Leben für alle anderen weiter. Lukas machte niemandem Vorwürfe. Doch für ihn war sein bester Kumpel Mathis allgegenwärtig, und heute war dieses Gefühl besonders stark. Vielleicht lag es an der Verkettung der Ereignisse. In den Morgenstunden hatte er zufällig Frau Kissler beim Bäcker im nahe gelegenen Baumarkt getroffen. Sie hatte ihm nur zugenickt, ohne ein Wort mit ihm zu wechseln. Der kurze Blickaustausch hatte Lukas sofort vermittelt was sie dachte. Warum lebst du? Wie ungerecht ist die Welt? Dieser bescheuerte Film, den er sich mit seinen Kumpels ansah, setzte allem die Krone auf. Warum guckten sie ausgerechnet diesen Müll? Wo es doch so viele vernünftige Filme auf dem Markt gab. Doch als er mit ein wenig

Verspätung dazugestoßen war, hatten die Freunde sich schon für diesen Mist entschieden. Ein Zufall gesellte sich zum nächsten und zwang ihn immer wieder gedanklich zurückzukehren zu dem 10. August. Es waren diese quälende Fragen, die ihn marterten. Hätte ich den Unfall verhindern können? War es meine Schuld? Warum habe ich ihn einfach gehen lassen? Ich hatte doch bemerkt, dass er zu besoffen war zum Fahren? Was wäre passiert, wenn ich mit im Auto gesessen hätte? Fragen über Fragen ohne die Chance eine Antwort zu erhalten. Niemand konnte die Zeit zurückdrehen, so sehr man sich dies auch herbeisehnte. Vergangenes blieb vergangen. Die ersten Tage nach dem Unfall hatte Lukas fest damit gerechnet, dass sein Kumpel Mathis schnell wieder aufwachte. Er hatte ihn im Krankenhaus besucht, um ihn mit den neusten Nachrichten zu versorgen.

„Ey, Mann! Mach keinen Scheiß. Du verpennst noch den Semesterbeginn in Aachen."

Aber alle Aufforderungen, Bitten und Drohungen waren erfolglos geblieben Mathis schlief, wohlbehütet in dem Bett, wie einst Dornröschen in ihrem Turm. Blieb nur abzuwarten, ob jemand ihn „wachküssen" konnte. Bescheuerter Vergleich!, tadelte sich Lukas und nippte gedankenverloren an der Flasche, ohne zu bemerken, dass schon lange der letzte Tropfen seine Kehle hinuntergeflossen war.

„Du wärst besser an meiner Stelle!", rief eine Stimme und riss Lukas aus seinen unerfreulichen Tagträumen.

„W-Wie-Was", stotterte er.

„Wenn du an seiner Seite geblieben wärst..."

„Stell endlich den Fernseher leiser, oder mach den Scheiß ganz aus!", brüllte Marco, um die Lautstärke zu übertönen, "man hört sich ja nicht mehr trinken."

Ben und Felix grölten, während Yannik den richtigen Knopf auf der überdimensionalen Fernbedienung suchte.

„Apropos trinken. Ich hole uns noch eine Pulle", schlug Ben vor und machte sich auf den Weg in die Küche. Das Geräusch der Kühlschranktür war unverkennbar, ebenso wie das Aneinanderklirren der Getränkeflaschen, als Ben alle fünf auf einmal transportierte.

„Hier", sagte er und überreichte Yannik zwei der Pilsflaschen. „Danke dir."

„Sind nicht beide für dich, eine ist für Marco."

„Ach", antwortete Yannik enttäuscht und grinste. Etwas abseits kauerte Lukas noch in dem Stuhl, nur sehr langsam beruhigte sich sein Herzschlag. Auch der Blutdruck schien normale Werte anzunehmen. Diese Bemerkungen: Wärst du an seiner Stelle und wenn du an seiner Seite geblieben wärst, hatten ihn bis ins Mark erschüttert, bevor er überhaupt registriert hatte, dass es sich nur um Dialoge aus dem Film handelte.

„Wie siehst du denn aus? Hier trink dir mal einen. Hast ja keine Gesichtsfarbe mehr"; sagte Ben in diesem Augenblick und hielt ihm eine Flasche des Gerstensafts entgegen. Dankbar griff Lukas zu, während einer der Hauptakteure aus dem Schundfilm gerade verkündete: „Freunde, lasst uns anstoßen und die Vergangenheit begraben."

## WEDER dort noch hier

Wenn ein weißhaariger Mann im Maßanzug verkündet, was er, um es zu umschreiben, für eine Art von Gewerbe betreibt, unterscheiden sich die Gedankengänge der beteiligten Personen nicht sonderlich voneinander. Riley und Mathis bildeten da keine Ausnahme. Wer kann es ihnen verübeln? Angenommen Sie wären Mathis oder Riley. Was würden Sie empfinden?

Riley und Mathis empfanden Angst. Keine einfache Form der Angst. Angst ist vielfältig. Einige Menschen haben Angst vor Spinnen, die sogenannte Arachnophobie. Andere wiederum fürchten sich vor Menschenansammlungen, während andere Angst haben zu versagen. Dann gibt es solche, die unter Platzangst leiden. Um es auf einen Nenner zu bringen: Die Liste ist endlos. Rileys und Mathis Angst glich einem Entsetzen multipliziert mit der Endlosigkeit. Die Augen vor Schreck geweitet, dass die Pupillen das Weiß komplett verschluckt zu haben schienen. Den Mund leicht geöffnet, während sie hörbar ein und ausatmeten. Das Herz erhöhte die Frequenz. Der Muskel leistete Schwerstarbeit, bewegte sich mit einer atemberaubenden Geschwindigkeit, als gelte es einen Rekord aufzustellen. Kalter Schweiß bedeckte ihre Haut, die kleinen Härchen standen senkrecht, vergleichbar mit dem Fell einer Katze bei Gefahr. Langsam, beinahe in Zeitlupentempo verließen Riley und Mathis den Zustand der Schockstarre.

Mathis Karussellfahrt endete, aber er war unschlüssig, ob er hier aussteigen wollte. Doch wie auch eine normale Achterbahn in einem Freizeitpark keine Auswahl an Ausstiegsmöglichkeiten anbot, so ließ ihm diese „Fahrt" auch keine Alternativen. Endstation - der Sicherheitsbügel öffnete sich. Es gibt Milliarden von Menschen auf der Welt und es geistern Unmengen von geheimnisvollen Wesen und Persönlichkeiten in unseren Köpfen herum, deren Existenz ein wenig fragwürdig ist. In welche Kategorie der Tod auch gehörte, es war auf jeden Fall jemand, dem man nie begegnen wollte. Obwohl, wenn man es genau betrachtete, spann Mathis seine Gedankengänge weiter, war dies eine Bekanntschaft, die jedem bevorstand. Sein Zusammentreffen mit diesem angeblichen Tod war definitiv zu früh. Abgesehen davon, hatte er sich diesen ganz anders vorgestellt. Mathis versuchte fieberhaft eine geeignete Methode zu finden, um sicherzustellen, dass es sich wirklich um den legendären Tod handelte. Sollte er nach dem Personalausweis fragen? Quatsch, oder? Brauchte der Tod eine Plakette, die ihn als das auswies, was er vorgab zu sein? Schließlich trug er weder einen Kapuzenpullover noch konnte Mathis irgendwo eine Sense ausmachen. Zugegeben, er hatte schon etwas Ungewöhnliches an sich, obwohl man ihn von Weitem eher mit einem erfolgreichen Geschäftsmann in Verbindung bringen würde als mit der skelettartigen Horrorfigur, die einem meist an Karneval oder Halloween über den Weg lief. Moment mal... Gab es da nicht die Geschichte mit dem Pferdefuß? Blöderweise verdeckte der Schreibtisch die Füße. Vielleicht könnte er ihn bitten, vor den Schreibtisch zu treten. Aber wie sollte er das formulieren? Sehr geehrter Herr Tod, würden Sie bitte vortreten, damit ich Ihre Füße kontrollieren kann. Nein, so würde es nicht funktionieren. Während Mathis noch auf der Suche nach den richtigen Worten war, kam ihm Riley zuvor.

„Ich kann es immer noch nicht glauben. Entschuldigen Sie meine Zweifel, aber sind Sie wirklich der Tod? Ich hatte eine ganz andere Vorstellung von Ihnen."

Der weißhaarige Mann lächelte. Es war unmöglich, den Tod länger als einen Augenblick anzusehen. Diese Augen, die einen aufzusaugen schienen, in eine Tiefe rissen, aus der es schwierig war, zu entkommen. Mathis fühlte sich wie eine Maus, die in das Antlitz einer Katze blickt. War es gut, wenn einen der Tod anlächelte? Er brauchte keinen Joker, um die Antwort auf diese Frage zu finden.

„Wie soll ich aussehen, damit ich Ihre Vorstellungen befriedige?", fragte der Tod und setzte sich. Seine Stimme war einlullend, hypnotisch und man verlor sich in ihrem Klang, ohne dass man sich der Worte bewusst wurde, die gesprochen worden waren.

„Wie? Was?", fragten Riley und Mathis zeitgleich.

„Was für eine Gestalt wünschen Sie?", fragte der Tod und machte es sich in dem gigantischen Schreibtischstuhl gemütlich, in den er sich zurücklehnte. In dieser Haltung erinnerte er Mathis an einen Konzernchef, der seine Untergebenen zusammengerufen hat, um die Unternehmensergebnisse zu besprechen.

„Nun, meine Herren? Was meinen Sie, Mister Riley Carter?"

Die Tonmelodie der Stimme hatte sich verändert. Plötzlich war es wieder ohne Schwierigkeiten möglich, den Worten zu folgen.

„Ich-ich-ich weiß nicht", stotterte Riley.

„Ich schließe mich dem an", warf Mathis ein, er wollte auf jeden Fall verhindern, dass dieser vermeintliche Tod ihn mit Namen ansprach. Aberglaube hin, Aberglaube her. Es wäre sicherlich eher ein schlechtes Omen, oder? Wie auch immer. Für einen Moment kehrte Ruhe ein. Doch keine Stille, die als Balsam für die Seele bezeichnet wird, sondern eine, die die Nervosität steigerte. Mathis rutschte auf seinem Stuhl hin- und her. Er fühlte sich wie der kleine Filialleiter, der dem großen Boss erklären musste, warum der zu erwartende Gewinn ausgeblieben war. Während Mathis seine Unruhe nicht verbergen konnte und das Ende des Verhörs herbeisehnte, schien der Weißhaarige sichtlich Gefallen an dem Dreiergespräch zu entwickeln. Muss der Kerl nicht arbeiten?, dachte Mathis, wer auch immer er ist.

„Wollten Sie mich nicht nach einem Ausweis fragen?" Mathis zuckte zusammen. Kann der Kerl Gedanken lesen? Das ist echt unheimlich. dachte Mathis Er war unfähig zu antworten, stattdessen schüttelte er seinen Kopf.

„Ja, ja", sagte der Tod, „die Zeiten haben sich geändert. Früher reichte es vollkommen aus, meine Identität preiszugeben und die Menschen folgten voller Ehrfurcht. Manche zugegebenermaßen widerwillig, manche mit Freude. Doch niemals bedurfte es einer näheren Erläuterung. Heute werde ich ausgelacht, nach Ausweisen gefragt und wiederholt abgewiesen, mit der Ausrede, ich hätte mich wahrscheinlich in der Tür geirrt. Oder man kaufe nichts an der Haustür. Der ein oder andere wünscht meinen Vorgesetzten zu sprechen, oder droht damit, die Polizei anzurufen. Wie ist das bei Ihnen, meine Herren? Benötigen auch Sie weitere Erklärungen?"

„Nein!", rief Riley, während Mathis noch zögerte, bevor er ein: „Nein, auf keinen Fall", herauspresste.

„Gut, gut", sagte der Tod und erhob sich, „dann mögen Sie mich bitte jetzt entschuldigen." „Jemand vom Personal wird Ihnen in Kürze ein paar Instruktionen mit auf den Weg geben. Bedauerlicherweise sind wir zurzeit ein wenig unterbesetzt und die Einarbeitungszeit der Mitarbeiter erhöht sich aufgrund von mangelnden Qualifikationen. Aber ich will Sie nicht mit meinen Problemen belasten. Bitte schön." Mit seinen langen Fingern zeigte er auf eine Wand. Vor Mathis und Rileys Augen öffnete sich ein Durchgang. Das Dunkel erhob sich als wäre es nur ein Vorhang. Licht strömte in das Halbdunkel und blendete beide für einen Moment.

„Ich hätte doch noch eine Frage", sagte Mathis und blickte sich um. Doch der Tod war verschwunden.

## Port Isaac, England

„Der Kerl war doch gerade noch hier. Das grenzt an Zauberei", stammelte Ethan und blickte sich um. Es war ein wunderschöner Herbsttag. Der leichte Wind, der vereinzelt bunte Blätter durch die Luft wirbelte, war ausgesprochen mild. Kleinere Wellen schlugen an die Klippen, ihr Plätschern erinnerte an eine romantische Arie und nicht an den üblichen „Heavy-Metal-Sound", der sonst um diese Jahreszeit für die Musikuntermalung des Meeres sorgte. Nur wenige Touristen weilten zu dieser Zeit in Port Isaac. Der kleine Ort am Strand, von seinen Bewohnern zurückerobert, fiel langsam aber sicher in eine Winterstarre. Bald würde die Saison Geschichte sein. Zeit um Kräfte zu sammeln, um für den nächsten Touristenstrom gewappnet zu sein.

„Hier steckst du", sagte Ethan und setzte sich neben Charlie, der auf der Wiese saß, die Beine angewinkelt und auf das dunkle Meer starrte.

„Ich habe nächste Woche Geburtstag", erklärte Charlie, als antwortete er auf eine Frage.

„Jab, ich weiß", erwiderte Ethan. „Big Party bei dir wie besprochen."

„Ich werde neunzehn Jahre alt."

Ethan war niemals der Emotionalste in ihrer Truppe gewesen, doch selbst er spürte, dass diese Konversation nicht dazu führen würde, die Gästeliste oder noch besser die Getränkeliste durchzugehen. Die richtigen Worte zu finden zählte nicht gerade zu seinen Begabungen. Er war mehr der Handwerker, der Macher, der mit Dingen etwas bauen konnte. Anstatt große

Reden zu schwingen und die Zuhörer mit Worten in den Bann zu ziehen.

„Möchtest du auch ein Bier?", fragte er stattdessen. Ein Ja auf diese Frage wäre eine super Gelegenheit aus dieser Situation zu entfliehen, denn die Getränke standen ein paar Meter entfernt.

„Bier? Nein danke, lass mal. Meinst du, Riley würde noch leben, wenn ich ihm keinen Alkohol aufgedrängt hätte?", fragte Charlie.

Man brauchte keinen Doktortitel erlangt zu haben, um zu erkennen, welche Antwort Charlie erwartete. Ethan war erleichtert, genehmigte sich einen Schluck von dem Gerstensaft und antwortete: „Quatsch!" Eine Weile herrschte Schweigen und Ethan beglückwünschte sich insgeheim, dass er die Angelegenheit gemeistert hatte. Bis ihm ein Gedanke durch den Kopf schoss, der nicht abebbte und es erforderlich machte, das ungeliebte Thema erneut aufzugreifen. „Wieso eigentlich noch leben? Ist Riley denn tot?" Er konnte nicht verhindern, dass seine Stimme einen besorgten Klang annahm. Das Schicksal von Riley war keineswegs etwas, das ihn nicht berührte. Doch Sentimentalitäten und Herzschmerzgeschichten waren einfach nicht sein Ding. Ihm fehlten die Worte, um auszudrücken was er empfand. Daher schien es einfacher solche Themen zu verdrängen. Hinzu kam, dass sein Vater ihm in jungen Jahren folgende Lebensweisheit mit auf den Weg gegeben hatte: Mein Junge! Gefühle sind etwas für Mädchen und Schwächlinge. Nein, Ethan war definitiv kein Mädchen und ein Schwächling wollte er auch nicht sein. Doch an manchen Tagen zweifelte er an dieser Weisheit und wünschte, dass sein Vater ihn mit der gleichen Herzlichkeit behandeln würde, mit der er seine beiden Hunde nahezu „überschüttete".

„Liegt noch im Koma. Ist doch wie tot", warf in diesem Moment Charlie ein und riss Ethan aus seiner Lethargie. „Hm, der wird schon wieder wach. Bestimmt! Ist alles nicht unsere Schuld", antwortete Ethan und gab Charlie einen freundschaftlichen Klaps auf die Schulter. Dieser nickte nur. Seite an Seite saßen sie im Gras und blickten auf das Meer hinaus.

Liebe Leser, lassen Sie uns noch ein wenig das angenehme Wetter in Port Isaac genießen. Wandern wir an den Klippen entlang und lauschen der Melodie des Meeres, während der leichte Wind durch unsere Haare streicht. Können Sie das Meer riechen? Vorsichtig bitte! Nicht zu nah an den Rand! Vielleicht sollten wir die Küste verlassen, bevor die Dunkelheit es uns unmöglich macht, den kleinen verschlungenen Pfad zu finden, der zum Cottage von Familie Carter führt.

Stopp! Hier rechts, dann links und leider steil bergauf. Sorry! Puh, halten Sie durch. Es ist gleich geschafft. Können Sie es schon sehen? Da ist es! Ein rechteckiges, weißes Gebäude mit grünen Fensterrahmen und einer grünen Tür. Die Blumen im Vorgarten erstrahlen trotz der fortgeschrittenen Jahreszeit in rot, weiß und pink. Wir öffnen das knarrende Tor und erfreuen uns an den letzten prachtvollen Blüten der Rosen, während wir die wenigen Schritte zur Haustür zurücklegen.

„Möchten Sie eine Tasse Tee?"

„Sehr gern. Danke. Es ist wirklich schade, dass wir dieses wunderschöne Fleckchen Erde wieder verlassen müssen."

Olivia lächelte und reichte Frau Grundtmann eine Tasse Tee, die sie gerade eingegossen hatte.

„Danke", sagte Frau Grundtmann.

„Setzen Sie sich doch", bat Olivia und wies auf den Platz neben sich.

„Ich will keine Umstände machen. Wenn es Ihnen nichts ausmacht, trinke ich meinen Tee lieber auf dem Zimmer."

„Nein, Nein", antwortete Olivia und schaute ihrem Gast hinterher, als dieser durch die Tür verschwand. Am Knarren der Holzstufen konnte Olivia erkennen, wo sich Frau Grundtmann gerade befand. Nach einigen Minuten verstummten die Geräusche. Stille kehrte ein. Olivia lehnte sich entspannt zurück und nippte an ihrem Yorkshire Tee. Herr und Frau Grundtmann würden morgen zurück in ihre Heimat reisen. Sie gehörten zu den wenigen Stammgästen, die es vorzogen keine Vertrautheiten aufkommen zu lassen. Olivia war dies recht. Es fiel ihr ohnehin schwer, alten Gewohnheiten nachzugeben und überschwängliche Freundlichkeit zu verbreiten. Manchmal glaubte sie, es lag daran, dass mit Rileys Zustand auch ein Teil ihrer Persönlichkeit in einen Ruhezustand gefallen war. Das Leben, ihr Leben hatte an Wert verloren. Sie lebte weiter, weil die Hoffnung, dass ihr Riley aufwachen würde, ihr ständiger Begleiter war. Davon abgesehen liebte sie ihren Mann Harry. Sie war sich dessen bewusst, dass er bereits alle Hoffnung aufgegeben hatte und ihren Sohn, wie er es bezeichnete, erlösen lassen würde. Doch das konnte sie nicht. Es war nicht richtig. Ihr Riley sollte entscheiden, ob er zurückkehren wollte. Olivia seufzte und nippte erneut an ihrem Heißgetränk.

„Er wacht wieder auf", murmelte sie und schaute zum Rahmen, in dem sie das Gänseblümchen aufbewahrte.

## WEDER dort noch hier

Die Entscheidung war gefallen. Dieses ewige: Vielleicht. Bin mir unsicher, eventuell ein anderes Mal, lass uns auf den richtigen Moment warten, hatte ein Ende. Oder nicht? So sehr sie sich auch bemühte, an ihrem Standpunkt festzuhalten, sie konnte nicht verhindern, dass von Zeit zu Zeit die Zweifel zurückkehrten und ihre Entscheidung ins Wanken brachte. Anfangs ein „Erdbeben" mit leichten Erschütterungen, hatte es mittlerweile beträchtliche Höhen auf der Richterskala erreicht. An diesem Umstand war Chantal Dumpf-Backen nicht ganz unschuldig. Der Name war Programm. (*Ich möchte mich bereits an dieser Stelle entschuldigen, denn eigentlich liegt es mir fern, mich von Namen und Äußerlichkeiten blenden zu lassen. Aber in diesem Fall kann ich leider nur sagen: Chantal Dumpf-Backen erfüllte alle Klischees.*)

„Also ich drücke dann diesen Knopf?", sagte Chantal und blickte freudestrahlend Ariona Okoro an. Zu Ariona Okoros Eigenschaften zählte neben vielen anderen positiven Charakterzügen die Geduld. Doch auch der geduldigste Mensch hat keinen unerschöpflichen Vorrat. Zum ersten Mal bemerkte Ariona, dass sie diesbezüglich auf eine harte Probe gestellt wurde. Als die attraktive Chantal sich bereit erklärt hatte, hierzubleiben, hatte Ariona Okoro dies als ein positives Zeichen gewertet. Doch mittlerweile war sie hin- und hergerissen, ob die Bezeichnung „positiv" nicht etwas voreilig gewesen war.

„Nein. Nein. Bei dieser Konstellation müsste dieser Knopf betätigt werden."

„Ach", erwiderte Chantal, „ich Dummerchen." Für einen kurzen Moment geriet Ariona Okoro in Versuchung, diesen Satz zu kommentieren. Doch sie entschied sich dagegen.

„Kann passieren", entgegnete sie stattdessen und nickte Chantal Dumpf-Backen freundlich zu. Während Chantal bei einem Wissenstest nicht zu den (*wie umschreibe ich es am Besten?*) Erfolgreichsten gehört hätte, war an ihrem Äußeren nicht viel auszusetzen. Schlank mit blauen Augen und blondem, lockigen Haar, kam sie den Vorstellungen eines Engels so nah, dass Ariona absolut sicher war, dass dieses in Zukunft zu Missverständnissen führen würde.

„Sollen wir die einzelnen Abläufe noch einmal besprechen?"

„Das wäre sehr nett. Damit ich auch nichts verkehrt mache, wenn Sie nicht mehr an meiner Seite sind", flötete Chantal und strich eine Haarlocke aus ihrem Gesicht.

„Richtig", antwortete Ariona Okoro und verharrte für einen Moment, als ob sie sich die jeweiligen Aufgaben noch einmal selbst ins Gedächtnis rufen lassen müsste. Stattdessen gingen ihre Gedanken auf Reisen. War es wirklich gut loszulassen und in das Ungewisse zu gehen? Wäre es nicht sinnvoller, weiterhin ihre Arbeitskraft zur Verfügung zu stellen und zu warten... Aber worauf wartete sie überhaupt?

„Oh, hier leuchtet ein grünes Lämpchen!", rief in diesem Moment Chantal mit solch einer Begeisterung in der Stimme, als habe sie einen bahnbrechenden Durchbruch in der Wissenschaft erlangt.

„Was muss ich dann machen? Ach, ich glaube ich

weiß es. Bitte nicht verraten. Diesen Knopf." Noch bevor sie eine Antwort erhalten hatte, drückte sie und schaute Ariona mit ihren riesengroßen Augen an.

„Das war richtig", hauchte Ariona und konnte nicht verhindern, dass ein Hauch von Erleichterung in ihrer Stimme mitschwang. „Dieser grüne Knopf auf der rechten Seite des Schaltpults zeigt an, wenn Flüssigkeit in Form eines leichten Sprühregens dem so genannten Paradies zugeführt werden muss, um die Flora und Fauna mit allem Notwendigen zu versorgen."

„Ja, ja", plapperte Chantal und begutachtete ihre Fingernägel. Ariona betrachtete sie nachdenklich. War diese Person wirklich in der Lage, eine verantwortungsvolle Tätigkeit zu übernehmen? Nicht auszudenken, was für ein Chaos entstehen könnte bei unsachgemäßer Bedienung. Es existierten schließlich auch wesentlich wichtigere und komplexere Vorgänge, die es zu erledigen galt.

„Habe ich es nicht gesagt? Ich lerne schnell!", rief in diesem Moment Chantal und schreckte Ariona Okoro aus ihren Gedanken auf.

Ariona lächelte und nickte. Sie verschwieg, dass sie unter einer schnellen Auffassungsgabe etwas anderes verstand. Aber was sollte es? Gutes Personal war Mangelware und wenn sich jemand bereit erklärte, seine Dienste zur Verfügung zu stellen, durfte man nicht wählerisch sein. Jeder hatte schließlich einmal klein angefangen. Auch eine Chantal Dumpf-Backen hatte eine Chance verdient. Es hätte auch schlimmer kommen können.

„Oh, ich Tollpatsch. Jetzt habe ich aus Versehen diesen Knopf noch einmal gedrückt."

Ariona Okoro seufzte.

**D**a saßen sie wieder...

Nach dem Gespräch mit IHM waren sie in diesen Wartebereich zurückgekehrt. Jeder von ihnen belegte einen der vielen Stühle und starrte ins Leere. Riley, die Kladde in der Hand, stierte auf die gegenüberliegende Wand. Er vermied es die Bilder in den Rahmen genau zu betrachten, um seine Stimmung nicht zu verschlechtern, obwohl diese bereits ihren Tiefpunkt erreicht hatte. Auch von einer Konversation mit Mathis sah er ab. Ab und zu wurde die Eintönigkeit unterbrochen von irgendwelchen Leidensgenossen, die an ihnen vorbeischlurften wie Spukgestalten zur Geisterstunde. Ein Neuankömmling irrte fragend durch den Korridor, doch Riley fühlte sich außerstande dessen Wissensdurst zu stillen. Riley ließ sich einfach treiben, es war ein Zustand der Lethargie, in der er schwebte, ein Zustand, der kein Ende fand. Manchmal fühlte er sich wie ein Passagier, der in einer Flughafenhalle auf den Abflug wartete, ohne zu wissen wohin die Reise ging, oder wann die Maschine startete. Dann wiederum befand er sich als Angeklagter in einem schwebenden Prozess, dessen Urteilsverkündung immer wieder verschoben wurde. Eines war allerdings gewiss. Irgendwann würde dieses Martyrium ein Ende finden, aber wann? Er könnte jetzt in London studieren, mit seinen Kumpels das Nachtleben der Stadt genießen und ab und zu nach Port Isaac fahren, um seinen Eltern Bericht zu erstatten und ihnen bei der Bewirtung der Gäste zu helfen. Er könnte, er könnte, er könnte so vieles. Stattdessen hockte er hier. Wann würde er den Mut aufbringen, diesem Mathis mitzuteilen, dass er Riley Carter, derjenige sein würde, der zurückkehrte?

„Nur um es zu bestätigen. Du bist doch Engländer, oder?"

Riley zog die Augenbrauen nach oben und drehte fast in Zeitlupe den Kopf Richtung Mathis. Er konnte sich keinen Reim darauf machen, was diese eigenartige Frage zu bedeuten hatte. Allein schon die Tatsache, dass dieser Mathis das Schweigen zwischen ihnen gebrochen hatte, war eigentlich schon erstaunlich genug, doch diese rätselhafte Frage, dessen Sinn er nicht verstand, vervielfältigte seine Verwunderung.

„Ja doch, Warum?", antwortete er deshalb zögerlich, erschrocken über den Klang der eigenen Stimme und immer noch verwirrt über diesen sonderbaren Gesprächsverlauf.

„Gut. Sehr gut", antwortete Mathis, „mach dir keine Gedanken." „Ich werde dich auf jeden Fall in guter Erinnerung behalten."

„WIE? WAS?" Zu mehr Worten war er nicht fähig. Die Augen weit aufgerissen, starrte er Mathis an. Was hatte das alles zu bedeuten? Hatte er etwas Ausschlaggebendes verpasst? Sein Herzschlag beschleunigte den Takt, in dem Moment als sein Gehirn ihm suggerierte, dass sein Plan zurückzukehren und Mathis zu opfern ins Wanken geraten war. Aber Riley konnte nicht sagen, was verkehrt gelaufen war. Was bezweckte Mathis mit diesem Dialog? War alles nur ein billiger Trick?

„Wieso willst du mich in Erinnerung behalten?", stammelte Riley, "möchtest du anbieten, hierzubleiben?" Schon beim Aussprechen dieses Satzes wusste Riley, wie die Antwort lauten würde. Doch er hatte nicht damit gerechnet, dass Mathis in schallendes Gelächter ausbrechen würde. Die Tränen kullerten aus seinen Augen, es schien ihm fast unmöglich, diesen Lachanfall zu stoppen.

„HAHAHAHAHA!"

„Was ist daran so lustig?", wollte Riley wissen und konnte einen gekränkten Unterton nicht verbergen. Es lag ihm fern ihre Situation ins Lächerliche zu ziehen. Mathis Reaktion war ihm mehr als schleierhaft.

„Ich, Ich", brachte Mathis prustend heraus, „ich liebe den englischen Humor. In dir schlummert ein Komiker." Riley war für einen Moment sprachlos. Was ging hier vor? Verlor dieser Mathis den Verstand? Stellte eventuell jemand seine lebenserhaltenden Geräte ab und ebneten ihm, Riley Carter, den Weg nach Hause?

Nach reiflicher Überlegung war Mathis zu dem Schluss gelangt, dass Rumsitzen keine Lösung war. Er hasste es, warten zu müssen. Seine Entscheidung war gefallen. Er wollte zurückkehren und Riley würde geopfert werden. Basta!

„Wieso Komiker? Was geht hier vor? Ich verstehe dich nicht", sagte Riley und sein Gesichtsausdruck sprach Bände.

„Ist doch ganz einfach", sagte Mathis, nachdem es ihm endlich gelungen war, das Lachen einzustellen, „du bist hilfsbereit und höflich." „Halt der geborene Gentleman und ich akzeptiere dein Angebot. Du gehst durch die besagte Tür und ich mache mich auf den

Weg nach Hause." Mathis strahlte zufrieden, nachdem er alle seine rhetorischen Künste in dieses Plädoyer gelegt hatte. Zum ersten Mal in seinem bisherigen Leben war er dankbar, dass er an seiner Schule einen Theaterkurs besucht hatte. Damals weniger aus Überzeugung, sondern nur um seinem damaligen Schwarm nahe zu sein, und zum anderen weil der Lehrer für seine gute Benotung bekannt gewesen war.

„WAS?" Riley rang noch nach Worten, während Mathis ihm auf die Schulter klopfte und ein: „Danke, bist ein echter Kumpel", murmelte.

„Bist du verrückt?"

„Ich? Nein!", erwiderte Mathis und betrachtete sein Gegenüber wie eine Spinne, die der Fliege einredet, dass sie ohne Bedenken durch das Netz fliegen kann.

„Du wirfst mir irgendwelche Klischees an den Kopf und erwartest, ich würde dir erlauben nach Hause zu gehen?"

„Klischees? Wieso? Bist du nicht nett und hilfsbereit?"

„Nein! Doch! Quatsch! Natürlich", antwortete Riley.

„Na denn", erwiderte Mathis und grinste.

„Trotzdem wirst du mich nicht überzeugen können, mein Leben aufzugeben", erklärte Riley.

„Schade, war einen Versuch wert."

„Du hast nicht wirklich geglaubt, dass es funktioniert, oder?"

„Vielleicht für Ehre und Königreich", versuchte es Mathis erneut, konnte allerdings nicht verhindern, dass sein Mund sich zu einem breiten Grinsen verzog. Nun war es an Riley, in schallendes Gelächter auszubrechen. Mathis lehnte sich in dem Stuhl zurück. Er hatte von Anfang an gewusst, dass seine Idee auf wackligen Beinen stand. Die Lage war verzwickt. Wenn nur diese blöde Ungewissheit nicht wäre. Keiner von ihnen wusste, was sie erwarten würde, wie auch immer sie sich entscheiden würden. Die Tatsache, dass ihm dieser Riley Carter nicht so gleichgültig war, wie er eigentlich sollte, erschwerte die Entscheidung um ein Vielfaches.

„Sollen wir würfeln, wer von uns gehen darf?"

„Mathis schaute auf und fixierte seinen Kontrahenten.

„Meinst du das ernst?"

„Klar", verkündete Riley und der Klang seiner Stimme unterstrich die Entschlossenheit. Niemand der Passanten, die an ihnen vorbeigingen, mischte sich in ihren Dialog ein. Wem hätte es auch zugestanden, mit „ja" oder „nein" zu stimmen, wenn man bisher selbst noch keine Lösung gefunden hatte. Um das eigene Leben zu spielen, erzeugten in Mathis unterschiedliche Gefühle zur selben Zeit. Angst, die seine Nackenhaare in eine senkrechte Position brachten und ein Schub von Nervenkitzel, der Adrenalin im Überfluss durch seine Adern pumpte. Eine 50:50 Chance beim Würfeln war besser als hier zu vegetieren, aber... Jede Entscheidung beinhaltete immer ein „aber". In diesem Fall von signifikanter Bedeutung. Er könnte verlieren. Wäre er dann bereit die Konsequenzen zu tragen?

## Lüdenscheid, Deutschland

„Wie auch immer die Konsequenzen sein werden, Sie müssen sie akzeptieren."

Julia und Alexander nickten synchron. Als jemand aus dem Krankenhaus angerufen hatte, waren sie sofort losgefahren. Sie hatten keine Augen für die Schönheit der Natur. Die Blätter der Bäume präsentierten sich in einer gewaltigen Farbenpracht und sorgten für eine atemberaubende Kulisse. Der wolkenlose Himmel bildete den passenden Rahmen. Nein, Julia und Alexander Kissler nahmen keine Notiz von der Vollkommenheit der Umgebung. Für sie war die Fahrt eine nimmer enden wollende Reise. Zu allem Überfluss schien sich jede Ampelanlage gegen sie verschworen zu haben, denn jedes Mal, wenn der Kombi sich näherte, wurden sie von einem roten Licht empfangen. Immer wenn Alexander den Zeitverlust aufholen wollte, hinderte ihn ein übervorsichtig fahrender Verkehrsteilnehmer daran, die Geschwindigkeitsbegrenzung zu überschreiten.

„Nun fahr doch, du Blödmann!", wetterte er und wünschte sich, er könnte alle anderen zur Seite drängen. „Wenn du einen Unfall provozierst, kommen wir noch später zur Klinik", warf Julia ein. Alexander antwortete nicht. Er umklammerte das Lederlenkrad seines Wagens und gab vor, sich auf die Fahrbahn konzentrieren zu müssen.

„Nur Idioten unterwegs", sagte er und steuerte das Auto etwas nach links, um den Gegenverkehr besser einsehen zu können.

„Da hast du wohl recht."

Alexander überhörte den bissigen Unterton ihrer Bemerkung und starrte an dem vor ihm fahrenden Wagen vorbei, um nicht den passenden Augenblick zu verpassen, den „Schleicher" zu überholen.

„Warum fährt der Depp nicht rechts ran? Ist doch ein Verkehrshindernis."

„Hier gilt fünfzig und wir fahren mit sechzig Stundenkilometern."

„Seit wann ist hier denn fünfzig?", fragte Alexander.

„Wäre doch kein Problem, die erlaubte Geschwindigkeit heraufzusetzen."

„Meinst du, Mathis wacht gleich auf?"

Der abrupte Themenwechsel machte ihn für einen Moment sprachlos. Es war eine Frage, auf die er keine Antwort parat hatte. Niemand konnte ihnen eine Auskunft geben. Auf einmal schien alles so sinnlos und unwirklich, wie eine Expedition ins Leben zu rufen, um das letzte Einhorn zu fangen. Obwohl doch jeder wusste, dass es sich um ein Fabelwesen handelte. Diese trübseligen Gedanken waren immer noch allgegenwärtig in Alexanders Schädel, als er mit seiner Julia am Bett von Mathis kauerte und die Ärzte diese Aussage verkündeten, dass sie alle Konsequenzen akzeptieren müssten. Was das im Einzelnen bedeutete, konnte keiner sagen. Diese unruhige Phase, die Mathis Körper durchlebte, ließ keinen Rückschluss auf den späteren Zustand zu. Während seine Julia ihren gemeinsamen Sohn erwartungsvoll anblickte und murmelte: „Egal was hinterher passiert. Hauptsache er wacht erst einmal auf", blieb Alexander weiter stumm. Er schämte sich seiner negativen Gedanken, die ihm in den Sinn kamen. Ähnlich einer alten

Schallplatte mit einem Sprung, die die eine Textzeile wieder und wieder spielt, spukte in Alexanders Schädel die eine Frage, auf die er keine Antwort wusste. Alexander Kissler, bist du bereit zu akzeptieren? ‚Alexander Kissler, bist zu bereit zu akzeptieren? Alexander Kissler, bist du bereit zu akzeptieren?

## Bodmin, England

„Er wacht auf! Er wacht auf!", wiederholte Olivia und blickte Harry freudestrahlend an.

„Wir können nicht mit Gewissheit sagen, was passieren wird." Harry musterte den Arzt und schaute ihm dann hinterher, als er das Zimmer verließ. Die lange Fahrt zum Krankenhaus hatte Harry gegrübelt was ihn erwarten würde, während seine Olivia immer wieder gemurmelt hatte: „Er wacht auf! Er wacht auf! Er hat beschlossen zurückzukehren." Er hätte ihr gerne Glauben geschenkt, aber - da war dieser Restzweifel, diese große Angst und im Gegensatz zu seiner Frau Olivia, deren Euphorie kaum zu bremsen war, hatte er schon eine eigene Lösung für sich gefunden. Wenn nicht alles so wie früher sein konnte, dann wäre ein schnelles Ende am Besten. Das Beste für alle Beteiligten. Vielleicht war das feige und er schämte sich jedes Mal, wenn diese Gedanken von ihm Besitz ergriffen, aber das war nun einmal seine Meinung. die er allerdings noch nicht wirklich laut geäußert hatte. Doch entgegen seinem Wunsch, entwickelten sich die Dinge mal wieder anders. Irgendetwas würde passieren. Bald würde es soweit sein, er würde die Antwort auf die Frage geliefert bekommen. Was wäre wenn... Dieses unerträgliche Nichtwissen hätte endlich ein Ende. Harry rutschte unruhig auf seinem Stuhl hin- und her. Er war sich mehr als unsicher, ob er die Antwort überhaupt wissen wollte. War es nicht viel einfacher, zu philosophieren als den Tatsachen ins Auge blicken zu müssen?

„Er wird wieder gesund", prophezeite seine Olivia,

und er konnte in ihren Augen lesen, dass sie aus Überzeugung sprach. Er nickte nur, aus Furcht seine zittrige Stimme könnte die Lüge enthüllen, könnte verraten, dass er ihre Hoffnung nicht teilte, so sehr er es sich auch wünschte. Olivia streichelte seine Hand. Er hatte sie seit langem nicht mehr so glücklich gesehen. Sie schien aus dem Inneren heraus zu strahlen und verbreitete eine Zuversicht, die den ganzen Raum zu erfüllen schien. Eine wunderbare Eigenschaft, die er schon immer an seiner Frau bewundert hatte. In diesem Moment bewegte sich Rileys Körper, die Augenlider zuckten. Harry Carter vergaß fast das Atmen.

„Er wacht auf. Unser Riley kehrt zurück. Dank sei Gott", hauchte ihm Olivia ins Ohr, während ihre Finger Harrys Hand fest umklammerten.

„Ich hoffe, du hast recht", antwortete Harry, den Schmerz ignorierend, den der eiserne Griff seiner Frau verursachte.

## WEDER dort noch hier

„**W**ürfeln", wiederholte Mathis erneut, als müsste er dieses Wort mehrmals repetieren, um es in sein Vokabular aufnehmen zu können, „würfeln." Noch nie zuvor hatte eine Aneinanderreihung von Buchstaben solch ein mulmiges Gefühl bei ihm ausgelöst. Aber es ging schließlich nur zweitrangig um das Wort, sondern eher um dessen tiefere Bedeutung. Ein Spiel um Leben und Tod. Dieses war keine Banalität, auf die man sich leichtfertig einlassen sollte. „Würfeln, nun aber...? Da war es schon wieder dieses „aber", so klein und unbedeutend und doch von enormer Wichtigkeit.

„Aber was?", hakte Riley nach.

Mathis sah sich außerstande zu verkünden, dass er mal wieder unfähig war eine Entscheidung zu treffen. Das Schlimmste war, er konnte keinen Gegenvorschlag machen, um ihre Lage zu verbessern. Einer von ihnen durfte zurückkehren. Nur einer.

„Also was ist nun?", drängte Riley. Würfeln?"

Wer kennt nicht dieses Gefühl, wenn man bemerkt, dass man das Zepter nicht mehr in der Hand hält und fieberhaft nach einem Ausweg sucht, die verlorene Partie noch zu gewinnen, obwohl das Schachmatt nicht mehr abzuwenden ist? Mathis starrte Riley an, als sehe er ihn zum ersten Mal. Er versuchte seine Gedanken zu sortieren, doch da war nichts zu sortieren. Nur Leere. Ein schwarzer Abgrund und eine gehässige Stimme, die in seinem Kopf herumspukte und höhnte: *„Mathis Kissler, du bist ein Feigling. Ein Feigling! Ein Feigling!"*

„Nein", erwiderte Mathis und sah sich einen Riley gegenüber, der ihn fragend anblickte.

„Nein. Ist das deine Antwort?", fragte Riley, unschwer zu überhören, dass ihn diese Aussage enttäuschte.

„Ich meine nicht, nein", stammelte Mathis und schimpfte sich insgeheim einen Idioten, dass er seine Stimme nicht unter Kontrolle hatte. Die ganze Zeit über hatte er gedacht, diesem Riley Carter überlegen zu sein und nun benahm er, Mathis Kissler sich wie ein ängstlicher Schwachkopf. Weit entfernt von einem Alphamännchen.

„Also, dann ja", warf Riley ein.

„Nein, ich meine nur...", presste Mathis heraus.

„Sorry, jetzt verstehe ich gar nichts mehr", sagte Riley und schüttelte seinen Kopf, um seine Bemerkung noch zu verstärken.

„Wir haben keine Würfel", vervollständigte Mathis sein Gestammel und bemerkte erst beim Aussprechen dieses banalen Satzes, dass dieser Einwand eine Meisterleistung war."Wir haben keine Würfel", sagte er ein zweites Mal und fühlte sich dabei, als habe er eine wichtige Formel für ein physikalisches Phänomen entdeckt.

„Dann werfen wir eben die verdammten Kladden. Bei demjenigen von uns, bei dem das Wolkenformular nach oben zeigt, nun, derjenige geht in den mysteriösen Himmel und der andere..."

„Kehrt zurück", beendete Mathis den Satz.

Riley nickte, stand auf und hielt seine Kladde in den ausgestreckten Händen.

„Lass uns die Dinger mit Schwung werfen. Bist du bereit?"

Zögernd erhob sich Mathis von seinem Stuhl. Für einen Moment glaubte er, die Beine würden zittern und sein Gewicht nicht tragen können. Doch nichts dergleichen geschah. Mathis fühlte sich überrumpelt von dem Lauf der Dinge. Alles ging so schnell, dass sein Geist seinem Körper keine Signale senden konnte, um Furcht zu zeigen.

„Bei drei lassen wir los!"

Noch bevor Mathis etwas erwidern konnte, zählte Riley.

„Eins, zwei, drei."

Es schien, als hätten die Kladden auf diesen Moment gewartet. Fast gleichzeitig schnellten sie durch die Luft, überschlugen sich, vollführten Saltos und fielen und fielen, rückten unaufhaltsam dem Boden näher. Mathis starrte auf seine Kladde. Er konnte nicht wegsehen. Wie hypnotisiert blickte er dem sich um die eigene Achse drehenden Objekt entgegen, bis es den Fliesenboden erreichte. Mit stoischer Ruhe begutachtete er das Ergebnis.

„Es ist entschieden", sagte er. In diesem Moment spürte er keine Angst und keine Freude, nur eine Woge der Erleichterung, die durch seine Adern zu strömen schien, weil die Entscheidung gefallen war.

Sein Wolkenformular zeigte nach oben.

„Was machen wir jetzt?"

„Es gibt nicht mehr viel, das wir machen können", antwortete Ariona Okoro. Es war bemerkenswert, mit welcher Ignoranz Chantal zweideutige Bemerkungen überhörte, oder besser gar nicht erst zu verstehen schien. Ironie und Sarkasmus perlten an ihr ab wie Regentropfen auf einem frisch polierten Auto.

„Das heißt, ich kann alles. Oh, das ist toll, das bedeutet mir sehr viel, das von Ihnen zu hören."

Chantals Augen strahlten und verstärkten die Schönheit ihres engelgleichen Gesichts um ein Vielfaches. Ihre großen Augen himmelten Ariona Okoro an, die beschämt zu Boden blickte.

„Ich freue mich aber auch für Sie", fügte Chantal hinzu, „Nun können Sie endlich aufbrechen."

Diese Bemerkung traf Ariona wie ein Messerstich ins Herz. Was erlaubte sich diese unmögliche Person? Doch Arionas Zornesfalten glätteten sich sofort, als sie Chantals Blick auffing, die offensichtlich auf eine positive Resonanz wartete. Ariona schluckte. In den meeresblauen Augen war nichts Boshaftes oder Verletzendes zu finden. Ganz im Gegenteil.

„Ja, ja das ist wirklich toll", stotterte Ariona und verlor trotz ihrer Stämmigkeit beinahe die Balance, als ihr Chantal wie ein übermütiges Kleinkind in die Arme fiel. „Ich werde Sie aber auch ganz toll vermissen. Sie sind die erste Person, die mir mit viel Geduld alles erklärt hat, ohne zu sagen, dass ich zu blöd bin", schluchzte Chantal.

„Ist schon gut mein Kindchen", antwortete Ariona und versuchte die Ergriffenheit herunterzuspielen. Doch sie konnte nicht verhindern, dass sich ihre Augen mit

Tränen füllten.

„Weinen Sie?", fragte Chantal, nachdem sie sich aus der Umarmung gelöst hatte.

„Nein! Nein", erwiderte Ariona hastig, „mir ist nur etwas ins Auge geflogen."

Während der ein oder andere sich eventuell darüber gewundert hätte, warum denn beide Augen tränten, blickte Chantal Ariona nur besorgt an und sagte: „Oh, das tut mir aber leid."

„Das wird schon wieder", warf Ariona ein, „vielleicht sollten wir eine Pause machen."

Chantal nickte und trottete wie ein gehorsames Hündchen davon. Ariona seufzte und ließ sich auf einen der Drehstühle fallen, die vor dem Schreibpult standen. Eine Arbeitsunterbrechung war eigentlich sehr selten, da sich ihre Aufgaben nicht nach irgendwelchen Zeiten richteten. Da das „Zwischen" ein zeitloser Raum war, war im Grunde nichts von Bedeutung. Niemand musste essen, schlafen oder irgendwelchen Freizeitvergnügen nachgehen. Es gab keine Zusammenkünfte, kein Miteinander, kein Spaß. Mit einmal wurde Ariona bewusst, dass sie mehr wollte. Sie hatte keine Ahnung, ob sie mehr finden würde. Würde sie ihren Kater Namir wiedersehen? Wie sollte sie es herausfinden, wenn sie sich nicht traute, loszulassen? Konnte sie Chantal allein lassen? Wäre diese wirklich in der Lage, die Arbeiten ordnungsgemäß auszuführen, gemäß dem Motto: „Die Quote muss stimmen".

„Hm", murmelte Ariona und drückte instinktiv einen Knopf, als ein gelbes Lämpchen am Schaltpult vor ihr aufblinkte. Das leuchtende Gelb erinnerte Ariona an die Augen ihres gefleckten Katers, der ihr vor langer

Zeit so viel Freude bereitet hatte. Nein, Ariona hatte keine Ahnung, wie es im sogenannten Himmel aussah. Sie wusste nur eins, sie musste es wagen den nächsten Schritt zu machen. Sie vermisste Namir und sie hatte lange genug gewartet. Sie würde es riskieren. Was auch immer das bedeuten würde.

„Oh", sagte Riley und stierte auf seine Kladde. Das Wolkenformular war deutlich sichtbar und schien aufzuleuchten, als verspottete es seinen Wagemut, um sein Leben zu spielen. Die 50:50 Chance hatte sich gegen ihn entschieden. Game over!
„Du bist der Sieger", sagte er in den Raum hinein, das Sprechen fiel ihm schwer. Riley fühlte sich elend, ausgemergelt wie nach einer endlos langen Reise, die ihm nach all den Strapazen nicht das ersehnte Glück beschert hatte. Er schloss die Augen und drückte die Lider fest zusammen. Dunkelheit, Finsternis, Schwärze, wären sie von jetzt an seine Begleiter? Würde er ins Nichts stürzen? Was würde ihn erwarten? Er hielt die Augen geschlossen, um dem Blick seines Mitstreiters nicht begegnen zu müssen. Triumph, Schadenfreude, Mitleid oder Schmerz. Was würde sich im Gesicht seines Gegners spiegeln? Vielleicht hätten sie wirklich Freunde werden können. Doch der Zeitpunkt ihres Treffens war alles andere als optimal gewählt. Nutzlos einen Gedanken daran zu verschwenden, was hätte passieren können, wenn ... Das alles hatte außerhalb ihres Einflussbereichs gelegen. Die einzige Entscheidung, die sie zu treffen hatten, war wer von

ihnen zurückkehrte. Das war nun entschieden. Er selbst hatte die Regeln des Spiels gewählt und musste nun die Konsequenzen tragen. Es gab keine Alternativen, keine Kompromisse. Nur eine Tatsache und die lautete: Riley Carter hat verloren.

„Du bist der Gewinner", wiederholte Riley und wagte immer noch nicht in Mathis Richtung zu blicken. Das Schicksal oder was auch immer dazu beigetragen hatte, hatte Mathis als Rückkehrer auserkoren. Riley schluchzte leise. Er wollte nichts mehr hören, nichts mehr sehen. Er hatte nur einen letzten Wunsch. Was auch immer passieren würde, es sollte schnell gehen.

„Du bist derjenige, der zurückkehren darf. Ich wünsche dir alles Gute", hauchte er.

Die Versuchung war groß. Nur wenige Meter trennten ihn von seinem Sieg. Riley hatte in all seiner Verzweiflung nicht bemerkt, dass er nicht der Einzige war, dessen Wolkenformular gen Decke zeigte. Mathis schluckte. „Los! Komm! Das ist deine Chance", forderte sein Verstand. Ein Glücksgefühl ergriff Mathis und verscheuchte alle Gedanken, die noch ein paar Sekunden vorher seinen Körper beherrscht hatten. Vergessen die Erleichterung und Freude, vergessen die Angst und die Selbstaufgabe. Er war zurück im Spiel. Langsam bückte er sich und streckte seine Finger aus. *„Mach schneller!"*, kommandierte diese Stimme in seinem Kopf, *„bevor es zu spät ist!"* Er blickte auf. Riley hatte sich immer noch abgewandt und murmelte: „Ich wünsche dir alles Gute." Na bitte, dachte Mathis, wenn das kein Freibrief ist. Riley wird es nicht einmal bemerken. *„Jetzt oder nie!"*, mahnte die Stimme. Alles hatte sich so entwickelt, wie er es sich gewünscht hatte, oder nicht? Er bückte sich tiefer, die Finger ausgestreckt wie Schlangen, die ihrem Ziel immer näher krochen. Nur noch wenige Zentimeter trennten ihn von seinem Schicksal. Zehn Zentimeter, fünf Zentimeter, die Fingerspitzen berührten die Kladde. *„Greif zu!"*, schrie die Stimme, *„drehe sie endlich um."* *„Oder bist du zu feige?"* Feige! Er? Nein! Vergessen war die Furcht, die ihn gelähmt hatte, als Rileys Vorschlag, um ihr Leben zu spielen, das erste Mal an seine Ohren gedrungen war. Ein kurzer flüchtiger Blick, um sich zu vergewissern, dass dieser immer noch nicht registriert hatte, was hinter seinem Rücken passierte. Er, Mathis Kissler, wollte sich den ersten Platz ergaunern. Aber Moment einmal, war das überhaupt mit Mogeln gleichzusetzen? In einem Wettkampf um Leben und Tod gab es keine Regeln. Für gewöhnlich galt das Recht des Stärkeren. Oder desjenigen, der die Gelegenheit nutzte, alles zu seinen Gunsten zu wenden. Sein Gewissen schien beruhigt. Das letzte Fünkchen Zweifel erlosch. Mathis Finger fassten die Kladde mit zittrigen Händen. Gleich würde der Spuk ein Ende haben. Ich kehre zurück, dachte Mathis. Ob ich mich an irgendetwas erinnern kann?

„Am besten verschwindest du sofort, bevor ich die getroffene Entscheidung noch einmal überdenke. Also hau ab! Vielleicht treffen wir uns in einem späteren Leben als Freunde wieder. Wer kann das wissen?", sagte in diesem Moment Riley.

*„Lass dich nicht ablenken! Tue es"*, verlangte die

Stimme in Mathis Schädel und lieferte sich einen Disput mit seinem Gewissen, das konterte: „Mach das nicht. Kein Freund würde so handeln."*„Er ist nicht dein Freund. Mach lieber schnell!"* Im Nachhinein konnte Mathis nicht sagen, was ihn zu der folgenden Reaktion hingerissen hatte. Die Worte schossen aus seinem Mund heraus wie ein Korken aus einer Sektflasche, die lange vorher geschüttelt worden war. Er ließ die Kladde los, stand auf und sagte: „Alles Quatsch! Nichts ist entschieden."

*„IDIOT"*, raunte die Stimme in seinem Kopf.

Das Gefühl von Glückseligkeit war nur von kurzer Dauer. Fast hätte er sich hinreißen lassen, Mathis zu umarmen, als dieser ihm die frohe Botschaft verkündet hatte. In diesem Augenblick hatte Riley geglaubt, all seine Sorgen hätten aufgehört zu existieren, wie Seifenblasen, die nach einer kurzen Zeit zerplatzten. Bis ihm dämmerte, dass ihr Problem nicht behoben, sondern nur verschoben war. Dem Gefühl des Glücks folgte eine Hilflosigkeit, die kurz darauf zu einer Leere wurde, als er sich eingestehen musste, dass seine brillante Idee sie nicht weitergebracht hatte. Sie mussten weiter machen. Durften jetzt nicht aufgeben. Die Entscheidung musste fallen! Riley plagte ein mulmiges Gefühl, dass es nicht von Vorteil für sie sein würde, das Ganze hinauszuzögern. Irgendetwas in seinem Innern mahnte ihn zur Eile, ohne dass er eine Erklärung für dieses Bauchgefühl hatte. Er fühlte sich zunehmend kraftlos und matt. Dieses Ist-Doch-Alles-

Egal-Gefühl gewann an Stärke und gewann mehr und mehr die Oberhand. Irgendetwas in dieser Umgebung schien die Willenskraft aufzusaugen und menschliche Hüllen zurückzulassen. Riley schauderte es bei diesem Gedanken.

„CHfo729! Bitte eintreten!"

„Die nächsten Ahnungslosen", sagte Mathis. Riley nickte.

„Was meinst du, sollen wir die Kladden noch einmal werfen? Dieses Mal nur eine und uns vorher einigen, wer welche Seite nimmt?", fragte Mathis.

„Ja, hört sich gut an", stimmte Riley zu und betrachtete die Personen, die sie passierten, meistens ohne Notiz von ihnen zunehmen. Nein, so wollte er auf keinem Fall enden.

„CHfo729! Nächster Aufruf!"

„Wir sollten aufbrechen, bevor es hier zu einer Überbevölkerung kommt."

Mathis Bemerkung entlockte Riley ein Schmunzeln. Er hatte keine Ahnung, was er daran so lustig fand. Die komplette Situation war grotesk und eigentlich alles andere als komisch. Aber was nützte diese Trauerstimmung? Wem war damit geholfen? Voller Euphorie, über die er sich selbst wunderte, hielt er plötzlich seine Kladde in die Luft und schaute Mathis an.

„Also sag schon! Wolke oder nicht?" Die Stille, die danach folgte, schien eine Ewigkeit zu dauern. Gerade als Riley die Hände aus Erschöpfungsgründen senken wollte, rief Mathis, wie aus der Pistole geschossen: „Wolke!"

Riley blickte Mathis in die Augen.

„Wolke!", rief dieser erneut, so gepresst und rasant, als verbrenne dieses Wort jedes Mal seinen Gaumen, wenn er es in den Mund nahm.

„Also gut", begann Riley, „wenn die Wolke zu sehen ist, darfst du auf die Erde zurückkehren, wenn nicht, dann...! Er sprach nicht weiter. Wozu auch? Die Regeln waren eindeutig, ebenso wie ihr Wetteinsatz.

„Bei drei werfe ich", kündigte Riley an und begann umgehend zu zählen: „eins, zwei..."

„STOPP!", schrie Mathis, „warum nehmen wir deine Kladde?"

Riley war bei dem Schrei zusammengezuckt und brauchte einen Moment, um die an ihn gerichtete Frage zu verstehen.

„Ich weiß nicht", stammelte er, „wir könnten auch deine nehmen."

„Ok", antwortete Mathis. Riley streckte die Hand aus, um Mathis Klemmbrett entgegenzunehmen. Gerade als Rileys Hand das Brett erreicht hatte, fragte Mathis: „Warum wirfst du?" Mathis Stimme war eisig, kälter als die Luft in einem Kühlraum. Riley fröstelte. Es wäre ein Leichtes gewesen, die Aufgabe des Werfens an Mathis zu übertragen, doch eine unsichtbare Macht hielt ihn davon ab.

„Vertraust du mir etwa nicht?", fragte Riley stattdessen und war sich selbst unsicher, welche Antwort er auf diese Frage gegeben hätte.

„Ich werfe", sagte eine Stimme hinter ihnen. Riley drehte sich um und blickte in das Gesicht eines älteren Herrn mit Anzug und Hut.

**D**er Versicherungsvertreter, dachte Mathis und konnte sein Erstaunen nicht verbergen.

„Wir haben uns schon einmal getroffen", plauderte er darauf los und bereute die Worte sofort, als er das Misstrauen in Rileys Gesicht erblickte.

„Nur kurz gesprochen", fügte er schnell hinzu, während die Stimme in seinem Kopf ein hämisches: *„Du wärst schon lange zu Hause, du Idiot, raunte."* Er hasste diese teuflischen Gedanken in seinem Schädel. Nein, er wollte eine ehrliche Entscheidung und nicht mit der Last weiterleben müssen, gemogelt zu haben.

„Verschwinde!", zischte er mit zusammengebissenen Zähnen.

„Oh, ich wollte nur behilflich sein", antwortete der Grauhaarige mit leicht gekränktem Unterton in der Stimme.

„Nein! Nein, sie waren nicht gemeint."

„Ich verstehe schon. Das ganze hier ist ziemlich nervenaufreibend, nicht wahr? Man muss aufpassen, dass man nicht verrückt wird", flüsterte der Mann im Anzug und blickte sich gehetzt um, als habe er Geheimnisse preisgegeben.

„Nett, dass Sie uns helfen wollen. Aber warum machen Sie das? Jeder andere der hier Anwesenden scheint sich nicht einmischen zu wollen", stellte Riley sachlich fest. Der Alte mache eine Handbewegung, als verscheuche er ein aufdringliches Insekt.

„Sind zu abgestumpft", erklärte der Anzugträger und hielt ohne weitere Erklärung seine Kladde in die Höhe.

„Also du nimmst ,Wolke'", sagte er und blickte in Mathis Richtung. Dieser bestätigte nur mit einem

Nicken, vollkommen überrumpelt.

„Eine gute Wahl."

„He! Moment mal! Wieso eine gute Wahl? Wollen Sie schummeln?", beklagte sich Riley und betrachtete den Alten, das Gesicht eine wütende Grimasse.

„Jede Wahl ist eine gute Wahl", erwiderte der Alte, ohne den aggressiven Tonfall von Riley zu kommentieren.

„Also bleibt es dabei."

„Von mir aus", lenkte Riley ein, während Mathis ein leises: „Ja", murmelte. Ohne weitere Anweisungen abzuwarten, begann der Alte zu zählen: „Eins, zwei, drei", als gelte es einen neuen Schnellsprechrekord aufzustellen und ließ die Kladde los. Wie hypnotisiert verfolgte Mathis die Flugbahn der Kladde, den Mund offen, die Augen weit aufgerissen. Bald würde die Entscheidung fallen. Nun gab es kein Zurück mehr. Die Mappe drehte sich, wirbelte herum und präsentierte atemberaubende Akrobatik, bis sie den Boden berührte.

„Nein!", riefen Mathis und Riley wie aus einem Mund, „das kann nicht wahr sein!"

Es widersprach in der Tat allen physikalischen Gesetzen. Keine der beiden Seiten berührte den Boden. Die Kladde stand waagerecht, als werde sie von unsichtbaren Fäden daran gehindert, sich für eine Seite zu entscheiden.

„Oh", sagte der Alte unbeeindruckt von dem ungewöhnlichen Anblick, „gleich noch einmal." Ohne einen Kommentar von Mathis oder Riley abzuwarten, bückte er sich, nahm das Klemmbrett an sich und stellte sich in Position. Wieder ertönte ein: „Eins, zwei, drei", wie aus der Pistole geschossen. Ein weiteres Mal zeigte das Klemmbrett Saltos und weitere Kunststücke, bis... Jetzt ist es entschieden, dachte Mathis. Es würde keinen Aufschub mehr geben. Wen würde es treffen? Wer durfte zurückkehren?

„Das ist Zauberei!", riefen Mathis und Riley gleichzeitig und betrachteten das Klemmbrett mit skeptischer Faszination, als es zum zweiten Mal auf der Kante balancierte.

„Zufall. Absoluter Zufall", versicherte der Anzugträger und war gerade im Begriff das Klemmbrett zum dritten Mal in die Lüfte schweben zu lassen, als eine energische, weibliche Stimme ihm Einhalt gebot.

„STOPP!"

## Lüdenscheid, Deutschland

„Das ist keine Zauberei. Sie müssen sich das wie bei einer Geburt vorstellen. Es ist ein langer Prozess, der sich über mehrere Stunden oder Tage erstrecken kann."

Alexander hatte dem Vortrag der Krankenschwester gelauscht und anschließend genickt, ohne sich hinterher an den genauen Wortlaut ihrer Sätze erinnern zu können. Die Zeit verging quälend langsam. Sekunden mutierten zu Stunden. Immer wieder blickte er auf die Uhr seines Mobiltelefons.

„Hm", murrte er und nahm einen weiteren Schluck aus der Kaffeetasse. Das Gebräu schmeckte scheußlich, aber es half ihm wach zu bleiben. Abgesehen davon war ein Gang in die Cafeteria eine gute Gelegenheit aus dem Krankenzimmer zu entkommen. Schon seit geraumer Zeit hatte er zusammen mit seiner Julia am Bett gesessen und Mathis beobachtet, dessen Körper einen Kampf zu durchleben schien. Mal normalisierten sich seine Werte, die medizinisch überwacht wurden, dann schnellten diese aus unerklärlichen Gründen wieder in die Höhe. Die Augenlider von Mathis zuckten, der ganze Körper schien in Aufruhr. Es war ein Auf und Ab, das ein kleines Boot erlebte, das bei einem gewaltigen Orkan den Wellen schutzlos ausgeliefert war. Mathis war dieses Schiff, mal von den Wassermassen verschluckt, um dann plötzlich wieder zurück an die Oberfläche zu gelangen. Alexander erhob sich schwerfällig und schlurfte zur Theke.

„Bitte noch einen Kaffee", sagte er und blickte die Dame hinter dem Tresen der Krankenhauscafeteria an.

„Wenn Sie meinen", antwortete diese und füllte eine neue Tasse mit dem bitteren, schwarzen Getränk.

„Ich meine", erwiderte er und überreichte ihr die zwei Euro, bevor er die Porzellantasse entgegennahm und wieder zum Tisch schlich. Normalerweise trank er seinen Kaffee schwarz. Doch bei dieser starken Mischung entschied er sich, das ganze mit Milch ein wenig zu entkräften. Ein Milchkännchen sowie eine Tasse voller Würfelzucker standen jeweils auf den Tischen. Er leerte das Kännchen, verrührte die beiden Flüssigkeiten mit dem Löffel und genehmigte sich dann einen Schluck.

„Das Gesöff weckt trotz der Milch immer noch Tote auf", murmelte er und starrte in den Becher. Vielleicht sollte ich Mathis etwas davon einflößen, dachte er, während er sich entschloss noch einen weiteren Schuss Milch hineinzugeben. Er tauschte das leere Gefäß gegen das volle vom Nachbartisch aus und schüttete einen weiteren Schwall der Kondensmilch in die Plörre. Dieses Warten war unerträglich. Noch immer wusste er nicht, was ihn erwarten würde, wenn oder besser falls sein Sohn wieder aufwachen würde. Das Ganze war eine vertrackte Situation. Er wagte es nicht, das Krankenhaus zu verlassen, aber er konnte es auch nicht ertragen, die Zeit an Mathis Krankenbett zu verbringen. Alexander seufzte, dann leerte er den Kaffeebecher in einem Zug und schüttelte sich.

„Bah, ekelig!"

„Herr Alexander Kissler?"

Alexander wirbelte herum und sah in das gütige Vollmondgesicht eines männlichen Pflegers. Alexanders Puls raste, unruhig rutschte er auf dem Stuhl hin- und her.

„Ja, ja, das bin ich. Gibt es etwas Neues?" Er hing an den Lippen des Mannes, gespannt was er zu hören bekommen würde. Tut mir leid, ihr Sohn ist verstorben. Herzlichen Glückwunsch er ist aufgewacht und erfreut sich bester Gesundheit. Welche Kategorie würde es sein? Alexanders Hände begannen zu zittern.

„Sie können ehrlich mit mir sein", stammelte Alexander und konnte ein leichtes Beben in seiner Stimme nicht verhindern. Für einen Augenblick glaubte er einen Anflug von Erstaunen in dem Gesicht des Gegenübers zu erkennen, oder hatte der übermäßige Kaffeegenuss seine Sinne getäuscht und es handelte sich um Erschütterung?

„Ich kann die Wahrheit ertragen", sagte Alexander, während der Satz: Alexander Kissler, bist du bereit zu akzeptieren, wieder in den Vordergrund drängte. Der Pfleger schaute ihn für einen Moment an, musterte ihn von oben bis unten, bevor er sich räusperte und mit ernstem Gesicht kundtat: „Also gut. Sie haben es nicht anders gewollt." Alexander starrte den Mann an, als verkünde dieser das Evangelium. Unerträgliche Spannung lag in der Luft. Alexander glaubte ein Knistern zu hören, als ob die Umgebung um ihn herum elektrisch aufgeladen wäre. Würde er wirklich die Wahrheit ertragen und wäre er bereit alle Konsequenzen zu tragen?

„Reden Sie schon", bat Alexander den „Verkünder" mit einer Stimme, dessen Tonlage ihm vollkommen fremd war. Seine Finger krallten sich in die Holzplatte des Tisches.

„Sie sollen Ihrer Frau einen Latte Macchiato mitbringen."

162

## Bodmin, England

„**B**itte schön."

„Ich danke dir."

Mit der Teetasse in der Hand setzte sich Harry wieder auf seinen Stuhl. Ob irgendjemand auf der Welt dasselbe durchmachte? Nein, wahrscheinlich nicht. Dieses Warten war eine seelische Folter. Rileys Körper schien vom Exorzismus befallen. Er bäumte sich auf, um wenige Augenblicke später wieder zur Ruhe zu kommen. Es schien als durchlebte er ein Gefecht, das ihren Augen verwehrt blieb.

„Es ist schrecklich", sagte Olivia, „dass wir tatenlos zusehen müssen."

„Du hast recht, mein Schatz", murmelte er. Olivias Euphorie war verebbt. Ihr Strahlen verblasst, es erschien Harry, als verlöre seine optimistische Gattin die Hoffnung auf ein Happy End. Er war hin- und hergerissen von dieser Entwicklung. Zum einen war er froh, dass sie nun endlich den Tatsachen ins Gesicht blickte, zum anderen war seine Olivia so überzeugt von Rileys Genesung gewesen, dass er, obwohl von Zweifeln umgeben, wünschte sie hätte recht behalten. Noch immer war keine Entscheidung gefallen, was den Gesundheitszustand seines Sohnes anbelangte. Die Zeit verging und Harry hatte aufgehört zu zählen, wie viele Tassen Tee er bereits getrunken hatte. Immer noch malträtierten ihn diese Gedanken, die ein rasches Ende herbeisehnten, die sich wünschten, der Tod wäre seinem Sohn gnädig und würde ihn zu sich nehmen. Jedes Mal, wenn einer dieser Gedankengänge in seinem Hirn die Oberhand zu übernehmen drohte, sah er einen kleinen Schimmer am Horizont, oder besser er wollte ihn sehen. Irgendwie hatte er den Eindruck, er müsse den Teil mit der Hoffnung übernehmen, nachdem seine Olivia immer mehr den Glauben verlor. Zugegeben, es war nur ein schwaches Licht, das mehr und mehr zu ersticken drohte. Wie sollte er das „Licht" am Brennen halten, wenn selbst seine Olivia nicht mehr an ein Wunder glaubte?

„Er wacht wieder auf", sagte sie in die Stille hinein, als hätte sie seine geheimsten Sehnsüchte erraten. Ihre Stimme hatte mittlerweile an Überzeugungskraft eingebüßt, trotzdem hatte sie noch genügend Kraft jeden Außenstehenden von ihrer Meinung zu überzeugen. Nur er hörte die leichten Nuancen in ihrer Stimme, die nicht dort waren, wenn sie sich einer Sache hundertprozentig sicher war.

„Er wacht wieder auf", erklärte Olivia erneut und musterte ihn. „Ich weiß was du denkst", fügte sie hinzu. Diese Aussage ließ Harry frösteln. Kannte sie wirklich jeden seiner Gedanken? Selbst die, für die er sich schämte? Er spürte eine unerträgliche Wärme aufkommen. Da war diese Schwüle, die sein Oberhemd an seinen Körper zu kleben schien. Ein heißer Sommertag ohne den erfrischenden Wind. Nun war es an der Zeit, etwas Lässiges einzuwerfen, das die Luft bereinigen würde und die Gemüter kühlte. Aber was sollte er sagen? Gab es überhaupt die richtigen Worte für diese Situation? Konnte er die aufgestaute Spannung drosseln, mit einem Witz entschärfen? Nein, unmöglich. Es gab nichts Lustiges oder Amüsantes, das in irgendeiner Weise passend gewesen wäre, wenn man mit seiner Ehefrau am Bett des einzigen Kindes saß, das einen Kampf um Leben und Tod führte. Oder doch? Harrys Miene hellte sich auf. „Er wacht wieder auf, meine Liebe. Du hast wie immer recht. Er ist nur noch nicht mit Würfeln fertig." Bereits als die letzte Silbe seinen Mund verlassen hatte, bereute er die Worte. Rote Flecken bedeckten Olivias Antlitz, als sei sie plötzlich von einer Krankheit befallen worden. Ihre Stirnfalten, sonst trotz ihres Alters kaum sichtbar, waren tiefe Gräben. Ihre Augen fixierten ihn wie ein hungriges Raubtier kurz vor dem Angriff.

„Harry Norten James Carter, willst du mich veralbern?" Er hasste es, wenn sie ihn mit vollem Namen ansprach und er wusste, dass sie seine Abneigung diesbezüglich kannte. Diese Vorgehensweise war ein untrügliches Zeichen ihrer Betroffenheit.

„Entschuldige, mein Liebling. Ich dachte nur... Ich meinte nur... Ich war mir eigentlich sicher, dass unser Sohn dieses Wort... Aber ich habe mich sicher verhört. Ich meine..."

„So wird es wohl sein", unterbrach Olivia sein Gestammel. „Nur weil diese Laute, die er vor einiger Zeit vor sich hingebrabbelt hat, Ähnlichkeiten mit dem Wort „würfeln" hatten, muss du die Sache nicht ins Lächerliche ziehen. Was stellst du dir eigentlich vor? Dass unser Sohn in einer Kneipe hockt und würfelt? Ein Spiel um Leben und Tod, während er gemütlich ein Bier trinkt?"

## WEDER dort noch hier

„Genau so hatte ich mir das vorgestellt", sagte die grauhaarige Dame und riss dem Anzugträger das Klemmbrett aus den Händen. „Du solltest dich schämen, Alfred!"

Riley und Mathis blickten sich schulterzuckend an, während der alte Mann den Boden vor sich betrachtete, als wäre er auf der Suche nach etwas Verlorenem.

„Es tut mir sehr leid, dass dieser Tunichtgut euch Hoffnungen gemacht hat. Die Klemmbrettnummer ist seine Lieblingsbeschäftigung."

„Nun, das ist schon in Ordnung. Er wollte uns nur helfen", mischte sich Mathis ein. Riley bestätigte die Aussage mit einem Kopfnicken. Genau in diesem Moment zog der Alte an dem Klemmbrett, das die Dame wie eine Trophäe in ihren Händen wiegte, und eroberte es zurück.

„Du hast kein Recht dazu", maulte er, „immer musst du mir den Spaß verderben." Danach drehte er sich um und schlurfte von dannen.

„Hallo!", rief Riley ihm hinterher, „bleiben Sie doch!" Der Alte ging stur seines Weges, ohne sich noch einmal umzuschauen.

„Jetzt ist es immer noch nicht entschieden", seufzte Riley und ließ sich auf einen der Stühle fallen.

„Ey Mann! Kopf hoch! Wir waren auf einem guten Weg. Wirst schon sehen, wir finden jemand anderen, der die Aufgabe übernimmt."

„Selbst wenn, es wird euch nichts nützen", warf die alte Dame ein. Riley musterte sie. Erstaunen und Verwirrung hielten sich die Waage. Wer oder was war die alte Lady? Welche Rolle spielte sie in ihrer Geschichte und was meinte sie mit der Aussage: es wird euch nichts nützen? Da blieb nur eine Möglichkeit. Fragen und hoffen, dass man ihr vertrauen konnte.

„Wer zum Teufel sind Sie? Und was meinen Sie mit: nichts nützen?" Die alte Dame stemmte die Hände in ihre Hüften, bevor sie sich leicht in Rileys Richtung beugte.

„Mein lieber Junge, das Wort ‚Teufel' nehmen wir hier sehr ungern in den Mund und du solltest es auch vermeiden", raunte sie. Riley starrte sie mit weit aufgerissenen Augen an. Gerade als er seine Fassung wieder gewonnen hatte und sich in der Lage fühlte, eine passende Antwort abzuliefern, übernahm Mathis die Konversation.

„Also, dann noch einmal ohne Teufel. Wer sind Sie und warum nützt es uns nichts, wenn sich jemand anbietet, die Kladde zu werfen? Zum Teufel noch mal!"

Die Alte zuckte zusammen, als sie die Worte erneut vernahm. Ihr Blick verfinsterte sich. Ihre gütig blickenden Augen wurden zu Schlitzen. Sie wandte ihre komplette Aufmerksamkeit Mathis zu, der unwillkürlich einen Schritt zur Seite wich und bei dieser Aktion fast über Rileys Füße gestolpert wäre.

„Zum Teufel noch mal!", maulte Mathis. Riley stand auf und stellte sich schützend vor ihn.

„Ich entschuldige mich für das Verhalten", stammelte er, „Sie müssen verstehen, dass wir ein wenig ungeduldig sind."

Die grauhaarige Lady unterzog Riley einer gründlichen Musterung. Riley fühlte sich zurückversetzt in seine Grundschulzeit. Nie würde er den Tag vergessen, als er zur Direktorin zitiert worden war, wegen beleidigender Äußerungen und Tätlichkeiten gegenüber einer Mitschülerin. Das Ganze hatte sich später als Missverständnis herausgestellt. Eine schlichte Verwechslung mit einem Riley Harder. Doch nie würde er dieses Gefühl der Angst und Hilflosigkeit verdrängen können. Er war eine kleine unscheinbare Maus, gefangen im eigenen Mauseloch, während eine riesengroße Katze mit messerscharfen Krallen vor dem Eingang lauerte, die alle Zeit der Welt zu haben schien. Langsam, sehr langsam kehrte der großmütterliche Ausdruck ins Gesicht der alten Dame zurück.

„Nun gut, ich will euch verzeihen, obwohl Ungeduld keine Ausrede für schlechtes Benehmen ist. Zu meiner Zeit... Na, ich will euch mit den Einzelheiten nicht langweilen. Lasst euch nur eines sagen, niemand kann euch die Entscheidung abnehmen. Es ist unmöglich mit Glücksspielen herauszufinden, wen welches Schicksal ereilen soll. Ich wundere mich, dass euch das keiner mitgeteilt hat. Diese Unkenntnis ist das, was sich Alfred zunutze macht, um sich dann an diesem fragwürdigen Spaß zu erfreuen. Wenn nur mehr Fachpersonal da wäre. Hat man euch denn nicht das Formular mit den allgemeinen Grundsätzen ausgehändigt? Wahrscheinlich nicht. Diese Unterbesetzung ist wirklich ein großes Problem. Hat keiner von euch beiden Interesse an einer Festanstellung?"

Nach einem erfolgreichen Studium hätte ich mich sicher über solch ein Angebot gefreut, dachte Riley, der aus seiner gedanklichen Reise in die Vergangenheit zurückgekehrt war.

„Also was haltet ihr von einer Festanstellung?"

„Ich bin mir nicht sicher", stammelte Riley, „vielleicht wäre das eine Alternative für denjenigen, der hier bleiben muss?"

„Für mich nicht!", warf Mathis ein und verließ die schützende Deckung, die Riley ihm geboten hatte. Seine folgenden Worte klangen wie der finale Schlusssatz eines Strafverteidigers: „Ich will auf jeden Fall zurück!" Für einen Bruchteil von Sekunden herrschte Schweigen, bis die alte Dame die Stille unterbrach.

„Gut, gut, derjenige der zurückkehrt muss nur den Balken ‚Rückkehr' auf dem Formular dreimal mit dem Zeigefinger der rechten Hand berühren. Dann ist es vollbracht. Viel Glück." Während Riley und Mathis wie hypnotisiert auf das Dokument starrten, entfernte sich die Alte. Ehe Riley überhaupt bemerkte, dass die grauhaarige Dame gegangen war, hatte diese bereits etliche Meter zurückgelegt. Er unterdrückte den Impuls sie zurückzurufen. Alles war gesagt. Nun musste nur noch gehandelt werden. Sein Verstand riet ihm, seinen Kontrahenten zu überrumpeln und die Spalte dreimal zu drücken. Noch bevor er das Für und Wider abwägen konnte, sah er eine Bewegung aus den Augenwinkeln, die ihm das Blut in den Adern gefrieren ließ. Er wollte schreien, doch es war nur ein flehendes: „Bitte mach es nicht", das aus seiner Kehle entwich.

**M**athis stoppte, kurz bevor sein Finger das Formular berührte. Sein Zeigefinger schwebte über der Spalte, so bedrohlich und allgegenwärtig wie einst das Schwert über Damokles Haupt.

„Ich kann es nicht", murmelte er voller Verzweiflung, „verdammt, ich kann es nicht." *„Du bist ein Feigling"*, raunte diese Stimme in seinem Kopf, *du hast die nächste Chance vertan."*

„Ich weiß", antwortete Mathis laut, ohne sich dessen bewusst zu sein.

„Danke", stammelte Riley. Mathis ließ das Klemmbrett sinken und schaute Riley an.

„Warum sagst du „Danke"? Danke, dass ich zu schwachmütig bin, oder meinst du Danke, dass wir hier immer noch rumstehen und ein Schwätzchen halten können?" Mathis war verärgert und schnaubte wie ein wütender Stier in der Arena, der sich von Matadoren umzingelt sah.

„Zum Teufel noch mal", fuhr er fort, „wir werden hier für alle Ewigkeit festsitzen, wenn wir keine Lösung für unser Problem finden."

„Sag nicht Teufel", erinnerte ihn Riley.

„Ich sage das so oft wie ich will. Teufel! Teufel! Teufel!", zischte Mathis und stampfte mit den Füßen einen Takt. Es war einer der wenigen Momente, in denen sich der ein oder andere Vorbeigehende zu ihnen umwandte.

„Was glotzt ihr so?", meckerte Mathis, der immer mehr in Rage geriet.

„Es müsste eine Möglichkeit geben, die es uns beiden gestattet zurückzukehren", überlegte Riley.

„Ach, du Schlauberger und wie willst du das anstellen? Sieh doch endlich ein, dass es so eine Alternative nicht gibt. Dies ist keine Geschichte mit Happy End. Und sie lebten glücklich bis an ihr Lebensende. Alles Blödsinn! Zum Teufel noch mal!"

„Ich kenne eine Methode", hauchte eine Stimme hinter ihnen, „aber sie erfordert Mut."

Für einen Moment dachte Riley, er habe sich diese Stimme nur eingebildet. Ein letzter verzweifelter Versuch seines Unterbewusstseins, das Unvermeidliche nicht zu akzeptieren. Eine Wunschvorstellung, wie eine unerwartete Wendung in einem Film, in dem jeder das Ende bereits zu kennen glaubte. Doch da war noch etwas anderes, das er spürte, eine Präsenz. Dieses Gefühl, dass jemand in seiner Nähe stand. Er drehte sich fast im Zeitlupentempo in die Richtung. Noch bevor er registrierte, um was oder wen es sich handelte, rief Mathis enttäuscht: „Alfred!"

Da stand er wieder. Der grauhaarige Herr im Anzug, der Versicherungsvertreter, der sie anstrahlte, als erwartete er den Deal seines Lebens abzuschließen. Vielleicht eine Lebensversicherung, dachte Riley verbittert. Er war sich keineswegs sicher, ob es gut oder eher schlecht war, dass dieser Scharlatan wieder vor ihnen stand. Doch noch bevor er sich verbal dazu äußern konnte, um ein Urteil zu fällen, ergriff Mathis die Initiative: „Wollen Sie uns wieder verarschen?"

Die Empörung stand dem Alten ins Gesicht geschrieben, er rang sichtlich um Fassung, bevor er den nächsten Satz formulierte. „Meine Herren, wie können Sie so etwas von mir denken?" Riley widerstand der Versuchung, dem Versicherungsvertreter die Gründe für ihr Verhalten aufzuführen. Doch er war viel zu fasziniert von der Wandlungsfähigkeit dieses Alten. Mit hundertprozentiger Sicherheit handelte es sich bei dem Alten nicht um einen barmherzigen Samariter. Man musste neidlos anerkennen, dass seine schauspielerischen Künste einen Oscar verdient hätten. Wenn er es nicht besser gewusst hätte, würde er dem alten Herrn seine Worte abkaufen, ohne Zweifel an deren Richtigkeit zu hegen.

„Wir haben keine Zeit für weitere Spielchen", wetterte Mathis, während Alfreds Gesichtsausdruck blitzschnell von Empörung zu Trotz wechselte.

„Dann eben nicht! Wusste sofort, dass ihr keinen Mumm habt", schmollte er und wandte sich beleidigt ab. Schlurfend entfernte er sich.

„STOPP!", rief Riley. Er hatte keine Ahnung, was ihn dazu veranlasst hatte, diesen Spaßvogel aufzuhalten. Aber da war dieses unerklärliche Bauchgefühl, dass es nicht ratsam war, dem Alten kein Gehör zu schenken. Der Alte hielt inne und wandte sich Riley zu. Langsam kam er zurück und positionierte sich vor ihm. Ein listiges Lächeln huschte über sein Gesicht, das Riley seine voreilige Aktion auf der Stelle bereuen ließ.

„Gute Entscheidung", erklärte der Grauhaarige, doch es klang in Rileys Ohren wie der Zuspruch eines Hexenmeisters, der ihm versicherte, dass er ohne Probleme von dem Zaubertrank kosten konnte, obwohl der Weg zum Kessel mit menschlichen Überresten übersät war.

„Wenn Sie etwas zu sagen haben, sagen Sie es jetzt!",

übernahm Mathis das Zepter. Der Senior musterte Mathis, blickte dann zu Riley und lächelte erneut. „Spannen Sie uns nicht auf die Folter."

**Liebe Leser,**
Kennen Sie das Gefühl? Man wartet voller Ungeduld auf die Bekanntgabe eines bedeutenden Ergebnisses und wartet und wartet und wartet. Die Nervosität steigert sich in Unermessliche. Man glaubt die Spannung nicht mehr ertragen zu können. Die Schweißdrüsen arbeiten auf Hochtouren, die Hände zittern und der Herzschlag dröhnt in den eigenen Ohren.

„Ich verrate euch ein Geheimnis", flüsterte Alfred. „Wenn einer von euch die Gelegenheit nutzt und das ‚Rückkehrfeld'dreimal berührt, ohne die Tat vorher abzusprechen, dann passiert..." Der Alte stoppte mitten im Satz und räusperte sich.
„Passiert was?", fragten Riley und Mathis zeitgleich und blickten Alfred erwartungsvoll an. Dieser erwiderte ihren Blick, doch sein Mund blieb geschlossen.
„Verdammt noch einmal! Was passiert dann?", brach es aus Mathis heraus, wie die Lava aus einem ausbrechenden Vulkan.
„Nichts", hauchte Alfred.
„Wie nichts?", fragte Riley.
„Es passiert nichts, solange keine Einigkeit herrscht."
„Das ist ihr bescheuertes Geheimnis? Aber Sie behaupteten doch, wir könnten beide zurück. Sie sagten es gäbe einen Weg. Sie machten uns klar, dass Sie die Lösung für uns hätten. Mathis Fassungslosigkeit spiegelte sich in jedem seiner Worte wider. Riley war für

einen Moment sprachlos. Wieder einmal verschwand die Hoffnung. Es schien ihm, als hätte er nun endgültig den letzten Zug oder Flug verpasst und müsste sich seinem Schicksal beugen. Er setzte sich neben Mathis, der auf einem der Stühle Platz genommen hatte und die Hände vor sein Gesicht hielt.

„Macht es Ihnen Spaß, andere Leute zu quälen?", fragte Riley. Es war mehr eine rhetorische Frage, auf die er keine Antwort erwartete.

„Hauen Sie ab!", knurrte Mathis, ohne seine Haltung aufzugeben.

„Der alte Alfred steht immer zu seinem Wort. Wenn ich sage, ich kenne eine Möglichkeit, dann entspricht das der Wahrheit."

Es war der Moment, als Mathis seine Deckung aufgab und Alfred musterte wie ein hungriger Tiger die vermeintliche Beute, bevor er zum entscheidenden Sprung ansetzt.

„Du verarscht uns wieder."

Dieses Mal schien diese Äußerung an Alfred abzuprallen. Er beugte sich zu den beiden hinunter. Erstaunlich tief für sein fortgeschrittenes Alter. Der Vorteil, wenn man keine Schmerzen fühlt.

„Wenn ihr beide gleichzeitig den Balken drückt und euch vorher von allen Schuldgefühlen befreit, wird es ein Happy End für euch beide."

„Das ist unmöglich! Wie sollen wir das mit dem Drücken dreimal hintereinander synchron schaffen und uns dann noch einreden, dass der andere uns mit Freuden ziehen lassen will?"

„Ich sagte bereits, es erfordert Mut. Gönnt euch die Rückkehr gegenseitig. Vergesst euren Selbsterhaltungstrieb und konzentriert euch nur auf den Zeigefinger. Der allein es in der Macht hat, euch nach Hause zu bringen."

„Was hat das Ganze mit Mut zu tun?", wetterte Mathis, „und außerdem, was geschieht, wenn wir nicht simultan drücken?"

„Genau hierfür ist die Courage erforderlich, denn ich kann euch die zweite Frage nicht beantworten. Nur soviel ist gewiss: Wenige haben es bisher riskiert und niemand ist jemals zurückgekehrt."

„Na, wenn das kein gutes Zeichen ist!", rief Mathis voller Begeisterung. Riley konnte sich der Hochstimmung nicht anschließen, als er das Lächeln in Alfreds Gesicht erblickte. Den Mund weit aufgerissen, entblößte Alfred seine erstaunlich weißen Zähne. Seine Augen ließen sich von dem Lachen nicht anstecken und blieben kalt und starr. Dies erzeugte in Riley ein Gefühl des Unbehagens, doch Mathis war in seinem Tatendrang nicht mehr zu bremsen.

„Los komm! Alfred zählt und bei drei sind wir zurück auf der Erde."

Ehe sich Riley versah, standen sie sich gegenüber wie bei einem historischen Duell. Jeder hielt seine Kladde fest im Griff, den Zeigefinger der rechten Hand bereit wie ein Revolverheld seine Waffe.

„Ich wünsche dir von Herzen, dass du zurückkehren darfst", sagte Mathis und weckte in Riley Erinnerungen an eine Theateraufführung, die er vor ein paar Jahren mit der Schulklasse besuchen musste. Ein Stück, in dem es um Lügen und Verrat ging.

„Macht euch bereit!", rief Alfred.

„Ich wünsche dir auch alles Gute für die Zukunft", stammelte Riley.

„Bereit?"

Nein, nein wollte Riley einwerfen. Es wird nicht klappen. Was hat Alfred nur vor, zum Teufel noch mal?

„Hast du mich gerufen?", fragte Alfred und richtete seine Aufmerksamkeit Riley zu. Riley fröstelte, schüttelte nur den Kopf, unfähig Alfred weiter anzublicken.

„Nun zähl schon", murrte Mathis, sein Zeigefinger schwebte über dem Balken. Es gab kein Zurück. Riley wurde mitgerissen von der Strömung, die einen Rückzug unmöglich machte. Aber was hatte er zu verlieren?

„Bereit?", fragte Alfred erneut und beide antworteten im Chor: „JA!"

„Ich zähle und ihr berührt den Balken. Also dann. EINS!"

Riley berührte den „Balken". Er konnte nicht sagen, ob es mit der synchronen Bewegung gelungen war. Noch bevor er diesbezüglich Mutmaßungen anstellen konnte, zählte Alfred: "ZWEI!" Wieder tippte er mit dem Finger auf den Balken. Seine Nervosität war auf dem Höhepunkt angelangt. Wirre Gedanken vernebelten seine Sinne. Er fühlte sich plötzlich schlapp und ausgelaugt, als würden ihn die Lebensgeister verlassen. Alles vor seinen Augen schien sich aufzulösen, wurde blass und blasser.

„DREI!"

Rileys Zeigefinger berührte das Feld.

## Port Isaac, England

Er blickte auf den Hafen von Port Isaac. Was für ein Glück er hatte, hier sein zu dürfen, um dieses idyllische Fleckchen Erde zu bewundern. Es war ein endlos langer Prozess gewesen, sich zurück ins Leben zu kämpfen. An die Zeit im Koma hatte er keinerlei Erinnerungen. Nach anfänglich sehr kleinen Fortschritten hatte er etwas vollbracht, das nicht vielen vergönnt war, die solch ein Schicksalsschlag ereilt hatte. Er konnte mit seinem alten Leben fortfahren. Es kam ihm vor wie ein zweites Mal geboren worden zu sein. Die Luft am Hafen war angenehm mild. Er hockte im Sand und ließ eine Handvoll davon durch seine Finger rieseln. Bewusst erlebte er jedes Detail, nahm es in sich auf. Etwas, das ihm vor dem Unfall vollkommen fremd gewesen war.

„Hi."

Mathis blickte auf und sah sich einem Jungen gegenüber, der ihm so vertraut wirkte, dass er verdutzt fragte: „Wir kennen uns doch, nicht wahr?"

Der Junge lächelte verlegen und murmelte: „Sorry."

„Oh", erwiderte Mathis, dem soeben bewusst geworden war, dass er im Eifer des Gefechts vergessen hatte, Englisch zu sprechen. Nun war es an ihm, sich zu entschuldigen und die Frage noch einmal zu wiederholen, obwohl er sich selbst einen Dummkopf schimpfte. Wo sollten sie sich über den Weg gelaufen sein? Insbesondere, da er gerade festgestellt hatte, dass dieser Junge kein Deutsch sprach. Er war noch niemals in England gewesen und die Chance, dass sie sich irgendwo anders auf der Welt begegnet sein sollten, war mehr als unwahrscheinlich. Oder nicht? Aber irgendwie fühlte er sich zu diesem Kerl hingezogen. Es gab keine logische Erklärung für dieses Gefühl. Er hätte schwören können, dass sie sich kannten. Doch woher?

„Mein Name ist Mathis. Sag mal, kennen wir uns?"

„Freut mich sehr. Ich bin Riley Carter. Tja, ich habe auch das Gefühl, dich schon einmal getroffen zu haben. Warst du schon einmal hier?"

„Nein, noch nie."

„Woher kommst du?"

„Ich komme aus Deutschland", antwortete Mathis und stand auf, „ich wohne in einem kleinen Dorf namens Küntrop. Das liegt im Sauerland in der Nähe von Dortmund."

„K ü n t r o p", wiederholte Riley und blickte Mathis an, der ein Schmunzeln nicht unterdrücken konnte, als Riley den Ortsnamen mit einem starken Akzent langsam buchstabierte, „irgendwie meine ich, das schon einmal gehört zu haben." Eine Zeit lang standen sich die beiden wortlos gegenüber. Mathis Gedanken arbeiteten auf Hochtouren. Verflixt noch einmal! Woher kannte er diesen Typen? Fieberhaft suchte er nach einer plausiblen Erklärung.

„Aha!", rief er plötzlich, „ich weiß es. Hattest du nicht gesagt, dein Nachname ist Carter?"

„Ja, das stimmt", antwortete Riley, „aber..."

„Ich wohne mit meinen Eltern in einem Cottage bei Familie Carter, fuhr Mathis in seinen Schilderungen fort, stolz, dass ihm für eine derartige Konversation die richtigen Vokabeln einfielen. Bist du vielleicht der Sohn von Olivia und Harry Carter, der in London studiert?" Rileys Gesicht strahlte, als sei auch er begeistert, eine vernünftige Darlegung präsentiert zu bekommen.

„Ja, ja", sagte er, „dann habe ich bestimmt von meiner Mutter gehört, wo ihr her kommt." Mathis nickte. Auch wenn ihn dieses untrügliche Gefühl nicht losließ, dass er etwas Wesentliches übersehen hatte.

„Hallo, meine jungen Herrschaften. So schnell sieht man sich wieder."

Beide wandten sich der Stimme zu. Mathis erschauderte, obwohl die Temperaturen im zweistelligen Bereich lagen. Vor ihnen stand eine Persönlichkeit, die man einfach nur anstarren konnte. Der alte Herr mit den schneeweißen Haaren verströmte eine Aura von Macht und Selbstvertrauen, die ihresgleichen suchte. Alles an ihm schien außergewöhnlich: Sein makelloses Gesicht, der maßgeschneiderte dunkle Anzug. Allein schon die Art und Weise, wie er vor ihnen stand. Er war so präsent, dass alles andere neben ihm zu verblassen schien.

„Kennen wir uns?", fragte Mathis und blickte kurz in die blauen Augen, die ihn in ihren Bann zogen. Er hatte noch niemals solche Augen gesehen, oder doch? Es war fast unmöglich sich von diesem Blick loszureißen.

„Kennen ist zu viel gesagt. Aber wir drei sind uns schon einmal begegnet."

Mathis wollte sagen, dass er sich auf jeden Fall an ein Zusammentreffen erinnern würde, aber noch bevor er seine Worte formulieren konnte, fragte Riley: „Sind Sie ein Schauspieler?" Die Augen des Alten blitzten auf, sein ganzes Gesicht schien zu leuchten, als erfüllte ihn diese Konversation mit einer Freude, die aus jeder seiner Poren nach außen drängte. „Ich spiele in vielen Filmen eine wichtige Rolle. Doch meistens werde ich gedoubelt."

Mathis geriet kurz in Versuchung mehr Details in Erfahrung bringen zu wollen, doch sein Bauchgefühl riet ihm diesen Herrn schleunigst ziehen zu lassen. Es schien wie das Zusammentreffen mit einem längst vergessenen Bekannten, der vergessen bleiben sollte, ohne dass man sich an den Grund erinnerte. Trotz aller Bedenken wuchs Mathis Neugier, wie eine Blumenzwiebel, die ihre zarten Stängel Richtung Sonne streckt, angetrieben von dem Licht. Warum behauptete der Kerl sie würden sich kennen? Er hatte noch nie einen Schauspieler getroffen.

„Entschuldigen Sie", sagte Riley, „wie war noch mal Ihr Name?"

„Ich habe viele Namen", erwiderte der Alte, „aber an dieser Stelle muss ich unsere Plauderei unterbrechen. Übrigens, es war sehr unhöflich, die mangelnde Fachkenntnis unseres Personals auszunutzen, und auf diese Art und Weise der endgültigen Entscheidung zu entkommen. Aber keine Sorge, die Herren. Für solche Fälle haben wir Rücklagen. Selbstmordkandidaten, die dann nachträglich nominiert werden, um die Quote zu erfüllen. Das ist das A und O. Die Quote muss stimmen. Und soviel steht fest, wir werden uns wiedersehen. Allerdings hat das noch Zeit. Heute bin ich hier, um einen gewissen Ed James Hunch aufzusuchen. Ich darf mich jetzt bei Ihnen entschuldigen, meine Herrschaften. Die Arbeit ruft. Man sieht sich."

Weder Riley noch Mathis sagten ein Wort und starrten

dem Weißhaarigen hinterher, der sich so mühelos bewegte wie ein Teenager und erstaunlich schnell aus ihren Gesichtsfeldern entschwand. Für einen Moment war das Kreischen der Möwen und das entfernte Rauschen des Meeres die einzige Geräuschkulisse.

„Was war denn das für ein verrückter, Kerl?", fragte Mathis und beendete damit das Schweigen. „Es gibt hier hoffentlich nicht noch mehr von dieser Sorte?"

„Ich will es nicht hoffen", antwortete Riley. „Doch bevor wir noch so einen Typen treffen, sollten wir lieber aufbrechen. Ich kenne einen tollen Küstenpfad, der zum Cottage führt. Kommst du mit?", fragte Riley und lächelte.

„Sehr gern", erwiderte Mathis.

Gemeinsam machten sich die beiden auf den Weg.

## Liebe Leser!

Erinnern Sie sich auch noch an den Pfad, der sich an der Küste entlang schlängelt und dann nach einigen Abzweigungen, den Berg hinauf führt? Bis er am Cottage von Familie Carter endet.
Wunderschön, nicht wahr?
Lassen Sie uns, bevor wir Port Isaac verlassen, noch für einen Moment, die Aussicht genießen. Schauen Sie auf den kleinen Hafen dieses Ortes. Auf dem Wasser tummeln sich ein paar Boote, während Möwen den blauen Himmel mit Leben erfüllen.
Es ist ein Tag, an dem Besucherströme die Gassen und Straßen des Dorfes bevölkerten und so wie wir jetzt, den Ausblick genossen haben, der sich ihnen bot.

Es ist der Tag, an dem Familie Carter und Familie Kissler in einem Gesprächsaustausch erfahren, dass sie mehr gemeinsam haben als gedacht.
Es ist der Tag, an dem Mathis Kissler in Riley Carter einen guten Freund gewinnt, ohne zu wissen, dass das Schicksal sie bereits schon einmal zusammengeführt hatte.
Es ist aber auch der Tag, an dem Ed James Hunch zum ersten Mal seit fünfzig Jahren nicht wie gewohnt in seiner Lieblingskneipe auftaucht, um ein oder zwei oder mehrere Pints zu trinken.
*Doch das ist eine andere Geschichte.*

# DANKE

*An dieser Stelle möchte ich allen danken, die dazu beigetragen haben, dass ich mein Romanprojekt verwirklichen durfte.*

*Allen voran meinen fleißigen Lektoren: Burkhard Grünebaum, Uta Baumeister und Ulrike Spieckermann, die sich durch mein Skript gekämpft haben, um alle Fehler auszumerzen.*

*Noch einmal ein Extra-Dankeschön an meine Autorinnenkolleginnen: Uta Baumeister und Ulrike Spieckermann, die nicht müde wurden, meine Fragen zu beantworten. Und ich hatte viele Fragen. Herzlichen Dank für Eure Unterstützung! Wenn ich Euch nicht hätte!*

*Dies gilt auch für meinen Mann Burkhard und meine beiden Söhne Marco und Nico, die nie gestöhnt haben, wenn ich mal wieder "gedanklich" auf Reisen gegangen bin.*

*Und dann möchte ich mich natürlich auch bei Ihnen bedanken, liebe Leser, für Ihr Interesse und Ihre Neugier, zu erfahren, was sich hinter der Quote verbirgt. Ich hoffe, es hat Ihnen gefallen.*

*Bis zum nächsten Mal*
*Ihre*
*Martina Grünebaum*